ISBN: 978-3-98660-121-8

© 2022 Kampenwand Verlag Raiffeisenstr. 4 · D-83377 Vachendorf
www.kampenwand-verlag.de

Versand & Vertrieb durch Nova MD GmbH
www.novamd.de · bestellung@novamd.de · +49 (0) 861 166 17 27

Text: Krinke Rehberg
Bilder: gyn9037, China / Shutterstock
Michael Thaler, Germany / Shutterstock
nuruddean, Thailand / Shutterstock
Druck: CUSTOM PRINTING
Wał Miedzeszyński 217, 04-987 Warszawa, Polen

KRINKE REHBERG

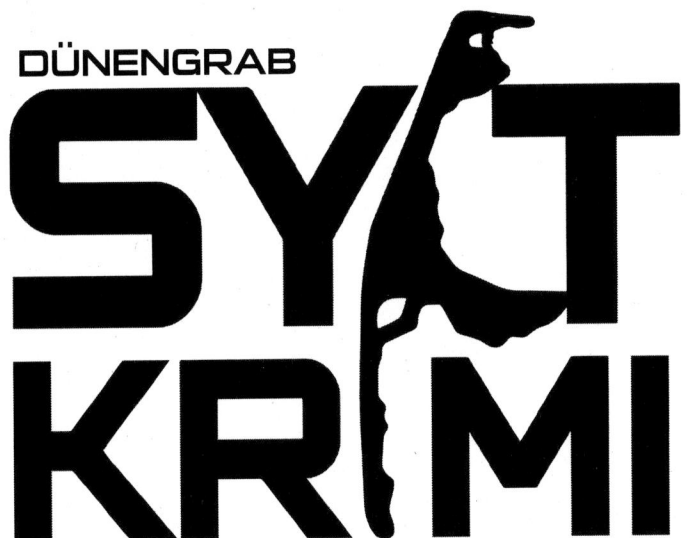

DÜNENGRAB

SYLT KRIMI

Für Sabine
Sie ist alles in oin!

ACH JA: NIEMAND IST PERFEKT!
Daher bitte ich, eventuelle Rechtschreibfehla zu
entschuldigen ...;)

»Es begann mit Kain und Abel und hat bis heute nicht aufgehört.«

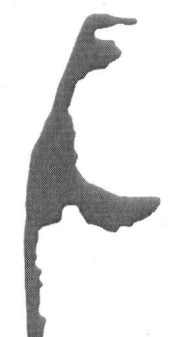

Kapitel 1

Sie müssen pressen!«

Agnes sprach eindringlich auf die erschöpfte Frau ein.

»Ich möchte, dass Sie pressen. Bei drei! Eins, zwei, jetzt!«

Die Wehen waren künstlich eingeleitet worden, aber die Gebärende verweigerte jegliche Mitarbeit.

Ihre Atmung war flach und sie hatte offenbar starke Schmerzen.

Agnes nahm ihre eiskalte Hand und rieb sie in ihren.

»Sie haben es gleich geschafft, helfen Sie nur ein paar Mal mit, dann ist es vorbei!«, flüsterte sie der gepeinigten Frau zu.

Der Wehenschreiber kündigte die nächste Wehe an. Die Frau keuchte und biss die Zähne zusammen. Ihre Augen hielt sie geschlossen.

»Eins, zwei drei, pressen Sie, pressen!«

Agnes Stimme war ruhig und entschlossen.

Die Frau bäumte sich auf.

»Das machen Sie gut!«

Agnes hatte in der Hebammenschule gelernt, wie sie sich bei einer sogenannten stillen Geburt verhalten musste. Noch nie hatte sie dieses Wissen benötigt.

Tränen liefen ihre Wangen hinab, während sie der Frau gut zuredet, ihr totes Baby zur Welt zu bringen.

Kapitel 2

Svea verstaute die schwarze Langhaarperücke, die dunkle Sonnenbrille und das Sonnenkäppi in dem kleinen Rucksack und stopfte ihn unter die Kofferraumablage neben das Reserverad.

Warum war er nicht gekommen? Es war Freitag und sie hatte diesem Treffen entgegengefiebert!

Sie lenkte den schwarzen SUV auf die Auffahrt zum Haus und wählte erneut seine Handynummer.

Es sprang noch nicht einmal die Mailbox an.

»Torben, wo bist du?«, murmelte sie enttäuscht.

Noch nie hatte er ein Treffen abgesagt, geschweige denn einfach versäumt!

Sie öffnete die Haustür und drängte die Gedanken an ihn beiseite.

Im Flur spürte sie sofort, dass irgendetwas nicht stimmt.

In ihrem großen, reetgedeckten Anwesen auf der Wattseite in Kampen war es still.

Allerdings war sie 3 Stunden früher als angekündigt zurück, vielleicht hielt Jördis noch ihren Mittagsschlaf.

Aber das Radio spielte nicht und auch kein Haushaltsgerät lief.

Juliette hatte immer irgendein Gerät eingeschaltet! Wenn sie nicht staubsaugte oder die Wäsche machte, buk sie einen Kuchen oder kochte. Und vor allem hörte sie immer Radio!

Svea mahnte sich zur Ruhe, legte Schlüssel und Handy auf die Kommode im Flur und streifte ihre Sneaker von den Füßen.

»Haaallloooo, Juliette!«

Keine Antwort.

Sie fühlte ein Ziehen in der Magengegend.

Vielleicht war sie eingeschlafen?

Juliette war in den vergangenen Monaten so etwas wie ein Familienmitglied geworden.

Benno hatte auf ein Au-pair-Mädchen gedrängt und sie hatte sich schließlich überreden lassen. Die Entscheidung hatte sich als richtig erwiesen! Juliette war ihr eine schwesterliche Freundin geworden und Jördis liebte sie!

Außerdem hatte Svea den geheimen Plan, stundenweise in der Kunstgalerie in Keitum auszuhelfen, wo sie vor Jördis Geburt gearbeitet hatte.

Die nächsten Monate würden eine radikale Umstellung ihrer aller Leben mit sich bringen und Svea baute fest darauf, Juliette an ihrer Seite zu haben.

Ohne die 24-jährige Französin hätte sie keiner der längst überfälligen Entscheidungen getroffen!

Und ohne Torben!

»Juliette?«, rief sie erneut und stieg über das Laufrad, das im Flur vor der Treppe lag. Jördis nutzte es nur noch im Haus, seit der Osterhase ihr ein kleines Fahrrad mit Stützrädern gebracht hatte.

Svea lief durch die große Wohnküche, warf einen Blick auf die Terrasse und den Garten und stürmte schließlich, immer 2 Stufen auf einmal nehmend, die Treppe hinauf.

Jördis!

Sie riss die Tür zum Kinderzimmer auf und stand im Halbdunkel in dem rosafarbenen Raum. Etwas Licht fiel durch die hochgezogenen Plissees.

Das weiße Bettchen mit den geschnitzten Tierfiguren als Bettpfosten stand am Fenster.

Svea rannte lautlos über den flauschigen Teppich und schrie leise auf, als sie auf einen Legostein trat.

Jördis lag friedlich schlafend in ihrem Bett!

Angestaute Tränen liefen Sveas Wangen hinab und erleichtert legte sie eine Hand auf die Wange ihrer Tochter, nur um sie zu spüren.

»Alles ist gut, meine Prinzessin!«

Das schlafende Kind strahlte so viel Zufriedenheit aus, dass Svea sich für ihre Besorgnis rügte.

Eine Welle der Liebe strömte durch ihren Körper. Jördis war das Wichtigste in ihrem Leben!

Noch einmal kam panische Blitzangst in ihr hoch, nur für wenige Sekunden stellte sie sich vor, dass Jördis in Gefahr geraten könnte und sie selbst machtlos wäre. Schließlich wischte sie den Gedanken beiseite und atmete tief durch.

Dann sah sie das Brotmesser auf dem Nachttisch.

Augenblicklich setzte ihr Herzschlag aus, um danach in dreifacher Geschwindigkeit zu pochen.

Juliette würde niemals ein Messer ins Kinderzimmer tragen, geschweige denn es liegenlassen!

Svea nahm es vorsichtig in die Hand.

Sie erkannte sofort, dass es in den Messerblock in der Küche gehörte. Was hatte es hier zu suchen?

Sie umschloss den Griff, warf einen prüfenden Blick auf Jördis, die im Schlaf lächelte und ging hinunter in die Küche.

Dort steckte sie das Messer zurück in den Messerblock.

Was hatte Juliette mit einem Messer im Kinderzimmer gemacht?

Wie sie es auch drehte und wendete, Svea fand dafür keine Erklärung.

Eine diffuse Angst beschlich sie, aber Jördis war in Sicherheit und nur das zählte. Ihr kam ein schrecklicher Gedanke, ohne dass sie ihn festhalten oder genauer bestimmen konnte.

Sie zwang sich, an etwas anderes zu denken. Was war mit Juliette? Wo war die junge Frau, die sie ins Herz geschlossen und der sie sich anvertraut hatte?

Nein, Juliette ist über jeden Zweifel erhaben!

Mit zunehmend mulmigem Gefühl durchsuchte sie das ganze Haus. Vom Keller bis zum Dachgeschoss öffnete sie jede Zimmertür. Sie sah in die Garage und die danebenliegende Gästewohnung.

Nichts.

Resigniert ging sie zurück in die Küche und überprüfte das Babyfon.

Es war still in Jördis Zimmer.

Plötzlich schreckte sie hoch. Sie hatte alle Räume durchsucht, nur nicht das Prinzessinnenzimmer mit dem angrenzenden Bad!

Leise schlich sie erneut ins Kinderzimmer, um Jördis nicht zu wecken.

Im Halbdunkel sah sie sich um.

Nichts. Hinter der Spielecke führte ein kleiner Flur zu einem begehbaren Kleiderschrank und dem Kinderbad.

Auch hier war Juliette nicht. Wieder schlich sie die Treppe hinab und bemerkte erst jetzt den bordeauxroten Fjällräven-Rucksack von Juliette im Flur.

Er stand neben der Kommode, also musste sie hier im Haus sein. Sie nahm diesen Rucksack immer mit, wenn sie das Haus verließ.

»Juliette! Das ist kein Spiel mehr! Komm sofort aus deinem Versteck!«, kreischte sie. Jeden Tag mussten Juliette und sie sich abwechselnd verstecken, damit Jördis sie suchen konnte. Dabei legte sie ihre kleine Hand immer in die der Erwachsenen, weil sie so aufgeregt war. Aber dies hier war etwas anderes!

Svea überlegte, ob Juliette zum Einkaufen gefahren sein könnte, verwarf diesen Gedanken jedoch sofort, als sie einen Blick auf die Auffahrt warf, wo der Motorroller stand. Juliette würde nicht zu Fuß zum Einkaufen gehen, außerdem würde sie Jördis nie unbeaufsichtigt zuhause lassen.

Sie brachte dem Au-pair-Mädchen aus Lyon in Frankreich blindes Vertrauen entgegen und war noch nie enttäuscht worden!

Es gab sicherlich eine ganz normale Erklärung für Juliettes Abwesenheit.

Nervös sah Svea auf ihr Handy.

Vielleicht hatte sie eine Nachricht bekommen oder das Klingeln eines Anrufes verpasst?

Nichts.

Sie wählte Juliettes Nummer.

Diese Nummer ist vorübergehend nicht erreichbar.

Sveas Besorgnis nahm zu.

Juliettes Handy war immer angeschaltet! Sie nahm es überall mit hin, sogar zur Toilette!

Es musste etwas Schreckliches passiert sein!

Erst Torben, der nicht wie verabredet zu ihrem Treffen gekommen war und jetzt Juliettes Verschwinden.

Sveas Gedanken jagten ungeordnet kreuz und quer durch ihren Kopf.

Sie musste sich zusammenreißen.

Wie lange schlief Jördis schon?

Normalerweise dauerte der Mittagsschlaf eine knappe Stunde. Svea war nun seit fast 10 Minuten im Haus.

Juliette konnte also noch nicht lange fort sein.

Hatte es vielleicht einen Notfall gegeben?

Aber dann hätte sie eine Nachricht hinterlassen oder angerufen.

Svea setzte sich auf die Kante des hölzernen Küchentisches und starrte auf ihr Handy.

Bitte, Juliette, melde dich!

Sie stellte eine Tasse unter die vollautomatische Kaffeemaschine und drückte auf das Tassensymbol.

Sofort brummte es und 30 Sekunden später schwappte ein cremiger Kaffee in die Tasse.

Svea holte Juliettes Rucksack und öffnete ihn. Ungeduldig schüttete sie den Inhalt auf den Tisch und nahm jedes einzelne Teil in die Hand. Eine Rolle Pfefferminzdragees, ein Kugelschreiber, ein Sudokuheft, ein kleines Täschchen mit Tampons und Slipeinlagen darin, eine angebrochene Packung Taschentücher und eine Tube Handcreme. Kein Handy, kein Portemonnaie und auch kein Reisepass.

Juliette, was ist los?

Svea drückte auf Wahlwiederholung.

Wieder die Ansage.

Mittlerweile wohnte Juliette seit über einem halben Jahr bei ihnen im Haus und nie zuvor hatte es eine vergleichbare Situation gegeben. Sie war viel zuverlässiger, als Svea es von einer Mittzwanzigerin erwartet hatte.

Svea konnte und wollte sich gar nicht mehr vorstellen, ohne Juliette zu wohnen!

Und doch drohte seit geraumer Zeit das nahende Ende. Juliette würde irgendwann wieder zurück nach Frankreich gehen und irgendwann eine eigene Familie gründen.

Sie selbst dagegen würde sich von Benno trennen. Das stand fest, aber sie musste ihm ihren Entschluss noch mitteilen und davor graute ihr.

Benno hatte etwas unterschwellig Bedrohliches an sich. Wie ein wilder Kater, der in dem einen Moment schnurrte und im nächsten zubiss und kratzte.

Sie musste endlich den Mut finden, mit ihm zu reden. Dann erst konnte ihr Leben sich ändern!

Juliette bewohnte die Gästewohnung neben der Garage. Am Ende des Hausflures führte eine Tür dorthin. Svea ging noch einmal in die Räume und öffnete die Schränke und Schubladen. Es war ein beschämendes Gefühl, in ihren Sachen herumzuwühlen.

Sie sollte jetzt Jördis wecken. Wenn sie mittags zu lange schlief, war sie den ganzen Nachmittag quengelig.

Svea ging ins Kinderzimmer und schob die Plissees hoch. Sofort strahlte die Sonne durch das Fenster.

Allein dieser Ausblick war Millionen wert, auch ohne das riesige, hochmoderne Bauernhaus. Baugrundstücke in Kampen in erster Reihe zum Naturschutzgebiet waren schlicht nicht vorhanden. In den seltenen Fällen, wo eines der Häuser zum Verkauf stand, wurden irrational hohe Summen gezahlt, nur um die bestehende Immobilie dem Erdboden gleichzumachen und ein noch luxuriöseres Anwesen zu bauen.

Gedankenverloren schaute Svea über die Heidelandschaft auf das Wattenmeer hinaus bis zum Festland. Der Himmel über Sylt verdunkelte sich. Ein Gewitter zog auf.

Plötzlich fuhr sie erschrocken zusammen.

Dort lag etwas Helles im Heidekraut.

Während Jördis sich schlaftrunken räkelte, rannte sie die Treppe hinunter, hetzte durch die Wohnküche, riss die Terrassentür auf und eilte durch den Garten. Sie erkannte jetzt, dass auf dem kleinen Hügel hinter ihrem Grundstück eine helle Strickjacke lag.

Svea war sich sicher, dass Juliette diese Jacke nicht getragen hatte, als sie heute Mittag das Haus verlassen hatte, um sich mit Torben zu treffen.

Zitternd und bebend vor Anspannung hob sie die Jacke hoch und warf sie im nächsten Augenblick mit einem Aufschrei von sich.

Braunrot prangte ein großer Blutfleck auf dem unteren Rückenteil der Jacke.

Oh Gott, Juliette!

Svea rannte zurück ins Haus, griff ihr Handy und wählt 110. Ihr Puls raste und sie hatte Mühe, die aufgestaute Panik zu unterdrücken.

»Juliette!«, rief Jördis von oben aus dem Kinderzimmer und der erste entfernte Donner grollte heran.

 **Kapitel 3**

Der Streifenwagen der Sylter Wache fuhr den Kiesweg zum Anwesen der Larsens hoch.

Hauptkommissar Tammo Hansen hatte kurzerhand entschieden, die junge Heike Röder mit zu diesem Einsatz zu nehmen. Er hoffte, sie würde die hysterische Frau Larsen beruhigen können, sozusagen von Frau zu Frau.

Eigentlich war er der Ansicht, Frauen hätten bei der Polizei nichts zu suchen, aber in diesem Fall war er über Röders Begleitung froh.

Heute war sein letzter Arbeitstag und er war zwiegespalten, was seine Pensionierung betraf.

Er hatte sich in den letzten 40 Jahren den Respekt und die Anerkennung seiner Kollegen und vieler Bewohner auf Sylt verdient. Entsprechend gelassen und routiniert leitete er die Wache, was ihm bei den Kollegen den Beinamen *Wanderdüne* eingebracht hatte. Langsam, bedächtig, aber unaufhaltsam.

Hinter dieser scheinbaren Trägheit verbarg sich eine außergewöhnliche Beobachtungsgabe, die es ihm ermöglichte, die richtigen Schlüsse zu ziehen.

Frau Larsen öffnete die Tür und führte sie durch das Haus hinaus in den Garten, bis zu der von ihr gefundenen Strickjacke. Ein Blick darauf ließ das Schlimmste befürchten.

Das Blut im Rückenteil der Jacke bedeutete nichts Gutes.

Frau Larsen starrte ihn angstvoll an und er beschloss spontan, Heike Röder mit ihr allein zu lassen.

»Ich habe meinen Notizblock im Auto liegen lassen.«, erklärte er und trat den Rückzug an.

Die Neue musste verständigt werden. Dies war nicht mehr sein Fall.

Hauptkommissarin Bente Brodersen übernahm die Dienststellenleitung der ungegliederten Kriminalpolizei auf Sylt.

Hansen rief in Husum an und bat seine Nachfolgerin, den nächsten Zug zu nehmen.

Kaffeekränzchen, Vorstellungsrunde und Schreibtisch einräumen mussten verschoben werden, so spielte das Leben.

Dass im LKA in Kiel eine Frau auf den Posten berufen wurde, gefiel ihm nicht, aber er konnte den Lauf der Zeit nicht aufhalten.

Ein potentielles Gewaltverbrechen wie dieses stellte für die Polizei Sylt eine Herausforderung dar, denn die kleine Abteilung der Kriminalpolizei verfügte lediglich über ein einziges Kommissariat. Die Neue würde mit seinem Team von Todesermittlungsverfahren bis zu Sachbeschädigung alles übernehmen.

Das Haus der Larsens war mit Glas, Metall und Beton eingerichtet.

Hansen bevorzugte die gute, alte Stube mit Holzschrank, Friesenkacheln am Ofen und Ohrensessel.

Er sollte mit der Befragung beginnen, solange Svea Larsen noch unter Adrenalin stand. In diesem Zustand war es den meisten Menschen nicht möglich, abzuwägen, welche Informationen nicht für die Ohren der Polizei bestimmt waren.

Bis Brodersen vor Ort sein würde, hätte Frau Larsen sich beruhigt.

Er ging zurück ins Haus und traf in der Küche auf Heike Röder und Svea Larsen.

»Wo ist Ihre Tochter jetzt?«

»Oben. Lisa, meine Nachbarin, kümmert sich um sie. Sie soll die Polizei im Haus nicht sehen.«

»Hat Ihre Tochter mitbekommen, dass Juliette das Haus verlassen hat?«

»Nein, sie hat geschlafen. Schon heute Morgen ist sie kaum aus dem Bett gekommen. Ich glaube, sie spürt den herannahenden Sturm und hat deshalb auch die letzte Nacht schlecht geschlafen. Ich achte darauf, dass sie noch regelmäßig Mittagsschlaf hält.«

Hansen nickte und verbarg seine Skepsis. Offenbar war Svea Larsen eine dieser übervorsichtigen Mütter. Wenn sie glauben wollte, dass ihre 3-jährige Tochter einen aufziehenden Sturm spürte, würde er nicht widersprechen. Er fühlte an manchen Tagen schließlich auch den Wetterumschwung in seinen alten Knochen.

»Kommt es öfter vor, dass Ihr Au-pair-Mädchen das Haus verlässt?«

Er zückte seinen kleinen Notizblock und den Ikea-Bleistift.

Viele Kollegen benutzten die Diktierfunktion ihres Handys, aber Tammo Hansen hielt nichts davon. Er schrieb in sein Notizblock mit einem Ikea-Bleistift!

Das war sein Schreibgerät, wie auf ihn zugeschnitten. Sie müssten eigentlich Hansenstifte heißen. Er durfte nicht vergessen, seinen Vorrat aus der Schreibtischschublade zu nehmen, für Spiralblöcke und Bleistifte würde er auch in der Zukunft eine Verwendung finden!

»Sie hat nicht erwähnt, dass sie etwas vorhatte?«

»Nein! Sie würde niemals weggehen und Jördis allein im Haus lassen!«

Svea Larsen schüttelte vehement den Kopf.

»Hat sie einen Freund?«

»Juliette? Nein! Das wüsste ich!«

»Sie ist Ihr Au-pair-Mädchen, viele Mütter wissen nicht über die Freunde ihrer Töchter Bescheid!«

»Juliette und ich haben keine Geheimnisse voreinander. Sie ist nicht nur unser Au-pair, sondern gehört zur Familie.«

»Das klärt sich bestimmt von ganz allein auf und heute Abend lachen wir alle darüber.«, sagte Heike Röder zuversichtlich.

»Wollen Sie nicht verstehen, was ich sage? Ihr Rucksack liegt hier und ihr Motorroller steht vor der Tür und sie würde niemals die Kleine allein im Haus lassen. Niemals. Und diese Strickjacke ist mit Blut beschmiert und sie sagen mir, dass ich darüber lachen werde?«

»Was meine Kollegin sagen will, ist, dass wir noch nichts wissen und sich die allermeisten Vermisstenanzeigen als harmlos herausstellen.«, erklärte Hansen.

»Das hier ist nicht harmlos, das spüre ich! Neben dem Bett meiner Tochter im Kinderzimmer lag ein Küchenmesser aus dem Messerblock.«

»Welches Messer?«

Frau Larsen zeigte auf den geölten Holzblock, in dem akkurat ein halbes Dutzend unterschiedlich großer Messer steckte.

»Ich weiß es nicht genau, ich habe es einfach wieder zurückgesteckt!«

Das war ein Fall für die Spurensicherung, also nahm er keines der Messer in die Hand.

»War Blut an dem Messer?«

»Was? Sie glauben, dass Juliette erstochen worden ist?«

»Ich glaube gar nichts, Frau Larsen. Ich stelle nur Fragen.«

»Blut an einem Messer kann auch von einer ganz normalen Schnittverletzung herrühren, wie es im Haushalt tagtäglich passiert!«

Heike Röder startete einen erneuten Versuch, die Frau zu beruhigen, aber Svea Larsen bedachte sie nur mit einem verzweifelten Kopfschütteln.

»Wir checken gerade die Notaufnahme des Krankenhauses und die Ärzte auf der Insel.«, berichtete der Hauptkommissar unaufgeregt.

»Kann es sein, dass Ihr Mann sie eventuell mit in die Stadt genommen hat? Haben Sie ihn benachrichtigt?«

»Nein, er hat das Haus bereits gegen sechs verlassen. Mittwoch geht er morgens laufen und duscht dann im Büro.«

»Ihr Mann hat das Immobilien- und Anlagebüro in Westerland richtig?«

»Ja, das hat er. Ich habe ihn angerufen, er ist in einem Termin. Seine Sekretärin versucht, ihn zu erreichen.«

Hansen sah sich um und dachte, dass Makler zu viel Geld verdienten.

Dieses Haus konnte sich nicht einmal der Polizeipräsident leisten.

Frau Larsen erhob sich von ihrem Stuhl.

»Ich brauche jetzt Kaffee, Sie auch?«

»Das ist keine gute Idee, bitte fassen Sie nichts an, bis wir ein paar Spuren gesichert haben.«

»Also gehen Sie doch von einem Verbrechen aus? Oh Gott, ich wusste es!«

»Wie ich schon sagte, Frau Larsen, zum jetzigen Zeitpunkt glauben wir gar nichts und schließen auch nichts aus.«

Tammo Hansen schimpfte sich Lügen. Sein Instinkt sagte ihm etwas anderes.

»Ich gehe noch einmal raus in die Heide.«

»Jetzt? Es zieht ein Gewitter auf!«

»Ja, ich weiß. Heike, du leistest Frau Larsen Gesellschaft und schickst die SpuSi sofort zu mir raus, wenn sie kommt.«

Als er die Terrassentür hinter sich zuzog, hörte er noch, wie Heike Röder weit ausholte, um die Arbeit der Spurensicherung zu erklären.

Der Garten war nicht eingezäunt, sodass das Grundstück nahtlos in die Heidelandschaft und das angrenzende Wattenmeer überging.

Der Wind hatte aufgefrischt und drücke das Heidekraut zu Boden.

Hansen stellte sich in einiger Entfernung von dem Fundort der Jacke auf einen kleinen Hügel und sah sich konzentriert um. Wenn die Spurensicherung nicht sofort kommen würde, um den Weg des Au-pair-Mädchens nachzuvollziehen, wäre es zu spät! Das Gewitter näherte sich rasend schnell und er konnte die Starkregenfront von Röm herüberziehen sehen.

Vom Haus her winkte Heike Röder ihm zu. Offensichtlich war seine Nachfolgerin eingetroffen.

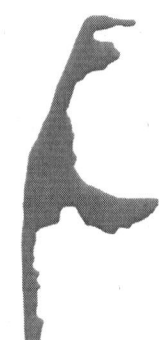

Kapitel 4

Bente Brodersen trug eine petrolfarbene Multifunktions-
hose mit schwarz abgesetzten Seitentaschen und einem
Dutzend Klettverschlüssen.

Eine schwarze Fleecejacke unter der obligatorischen Weste
mit ähnlich vielen Taschen komplettierte ihr Outfit.

Sie war groß und schlank, hatte dunkelrote Locken, die
auf Kinnlänge geschnitten waren und ihr sommersprossiges
Gesicht einrahmten.

Ihr blieb keine Zeit, sich einzugewöhnen. Das hatte sie
sich anders vorgestellt, aber so lernte sie ihr Team gleich bei
einem Einsatz kennen.

Ihr Vorgänger, Tammo Hansen, trat aus dem Garten in
die Küche und nickte ihr lediglich zur Begrüßung zu. Sie
nickte ebenfalls und wandte sich wieder Frau Larsen zu.

»Juliette. Sie heißt Juliette, sie ist aus Lyon und wird in 3
Wochen 25.«

»Spricht sie deutsch oder nur französisch?«

»Sie ist zweisprachig aufgewachsen!«

Eine Klarsichthülle lag auf dem Tisch und Bente warf
einen Blick darauf.

»Das ist der Au-pair-Vertrag und eine Passkopie. Das haben wir von der Agentur damals bekommen.«

Bente nahm den Vertrag in die Hand und überflog ihn. Juliette Durand, geboren in Saint Avoid. Bente kannte Frankreich viel zu wenig, als dass sie wüsste, wo das lag. Letzter Wohnsitz war Lyon. Das sagte ihr natürlich etwas.

Sie fotografierte beide Seiten mit ihrem Handy ab und reichte die Folie zurück.

»Wann haben Sie Juliette zum letzten Mal gesehen?«

»Bevor ich das Haus verlassen habe.«

»Um wieviel Uhr war das genau?«

»Gegen 11 Uhr. Ich bin ins Fitnessstudio gefahren.«

»Wo befindet sich das Fitnessstudio?«

Bente Brodersen zückte einen kleinen Block und machte sich Notizen.

»Das Sylt Fitness in Tinnum.«

»Sind Sie dort schon lange Mitglied?«

»Ist das wichtig?«

Bente nickte und heftete ihren Blick auf das Gesicht von Svea Larsen.

»Weiß nicht genau, einige Zeit.«

»Ein, zwei oder mehrere Jahre?«

Bente ließ nicht locker. Für sie war jedes noch so kleine Detail wichtig.

»Ein Jahr oder so?«

»Dürfen meine Kollegen sich hier umsehen?«

»Ja, aber halten Sie sich von Jördis fern. Sie soll nichts mitbekommen. Juliette wohnt in der Gästewohnung neben der Garage.«

Sie wies Bente die Richtung.

»Wir nehmen natürlich auf Ihre Tochter Rücksicht. Wie alt ist sie?«

»Sie wird vier.«

Bente bemerkte sofort, wie sich Svea Larsens Miene aufhellte, sobald sie von ihrer Tochter sprach.

Seit ihre eigene Tochter fürs Studium nach Hamburg gezogen war, sah sie sie kaum noch.

Die Kinder mussten sich irgendwann abnabeln, aber bei Anka hatte dieser Prozess schon mit 14 begonnen. Damals hatte Bente ihr einen neuen Freund vorgestellt, den sie kategorisch abgelehnt und einen Terror veranstaltet hatte, dem die frische Beziehung nicht standgehalten hatte. Rückblickend war es gut so gewesen. Der Typ war den Stress nicht wert gewesen! Ob es nun an Ankas Verhalten oder an ihrem Job gelegen hatte, war letztlich auch egal.

Bente kannte keinen Kollegen, der keine Beziehungsprobleme hatte. Das brachte dieser Job einfach mit sich.

Die SpuSi war zeitgleich mit ihr eingetroffen und hatte sich wegen des anstehenden Regens zuerst draußen umgesehen. Hauptkommissar Tammo Hansen und die junge Heike Röder hatten sie begleitet und jetzt gingen sie gemeinsam in die Einliegerwohnung.

Bente mochte die wortkarge Art ihres Vorgängers. Weniger war häufig mehr!

»Hatten Sie oder Ihr Mann eine Auseinandersetzung mit Juliette?«

Svea Larsen riss die Augen auf.

»Nein, ganz und gar nicht. Ich sagte doch, sie gehört zur Familie, schließlich ist sie schon ein halbes Jahr bei uns.«

»Ist sie nicht ein bisschen zu alt für ein Au-pair-Mädchen?«

»Woher soll ich das wissen? Ihr gefällt es offensichtlich und wir bezahlen sie außerdem sehr gut.«

»Also ist es so etwas wie bezahlte Familie, oder?«

Bente beobachtete Svea Larsens Reaktion sehr genau. Ihr Gegenüber zu überraschen, zu verstören, vielleicht sogar zu provozieren, gehörte zu ihrer Taktik, Fragen zu stellen.

Sie machte sich damit keine Freunde, aber ihr Job war es auch nicht, Freunde zu finden, sondern Mörder.

Die Reaktion von Svea Larsen war offen und ehrlich.

»So habe ich es noch nie gesehen, aber Sie haben wahrscheinlich recht. Zumindest anfangs muss die Bezahlung für Juliette den Ausschlag gegeben haben. Aber mittlerweile sind wir wirklich befreundet!«

Frau Larsen beobachtete interessiert einen Mitarbeiter der SpuSi in einem weißen Papieroverall, der Juliettes Strickjacke, ihren Rucksack und auch den Messerblock in unterschiedliche Plastikbeutel packte.

»Das sieht aus, als ob Sie damit rechnen, dass sie tot ist.«

Svea Larsen schluckte nervös.

»Womit rechnen Sie?«, stellte Bente die Gegenfrage.

»Ich hoffe, dass ihr nichts zugestoßen ist, das wäre schrecklich.«

Tränen traten aus ihren Augen, die sie mit einem Taschentuch wegwischte.

Bente fiel auf, dass die Frau darauf bedacht war, ihr Makeup und den Kajalstrich nicht zu verwischen.

Frauen dieser Gesellschaftsschicht legten offenbar in jeder Situation Wert auf ein tadelloses Erscheinungsbild.

»Hat Juliette einen Freund oder sonstige Bekannte auf der Insel?«

Frau Larsen schüttelte den Kopf.

»Was macht sie denn in ihrer Freizeit?«

»Wie?«

Bente hatte den Anruf vom alten Hansen auf dem Autozug von Niebüll nach Westerland erhalten und bereits ein wenig recherchiert.

Svea Larsen war die Erbin eines Baumarktimperiums und damit finanziell unabhängig. Ansonsten gab es im Internet nichts über sie. Im Gegensatz zu ihrem Mann Benno Larsen. Von ihm gab es mehrere Webseiten und zahlreiche Fotos, die ihn als Makler mit B-Promis zeigten. Er war vor Jahren einmal in einer RTL-Doku über Deutschlands Makler zu sehen gewesen. Er war auf jeden Fall jemand, der sich gern der Öffentlichkeit präsentierte.

Beide waren mittlerweile Ende dreißig, seit fünf Jahren in erster Ehe verheiratet und seit drei Jahren Eltern von Jördis Larsen. Weitere Kinder gab es nicht.

»Was macht Juliette, wenn sie nicht für sie arbeitet? Geht sie weg, treibt sie Sport, geht sie an den Strand, Wandern oder Radfahren?«

»Ich weiß nicht, manchmal ist sie mit dem Motorroller unterwegs.«

»Und wissen Sie, wohin sie dann fährt?«

»Juliette sieht sich gern die Insel an und liest viel. Sie hat immer ihren Kindle dabei.«

»Ist sie auch manchmal zu Fuß unterwegs?«

Svea Larsen zeigte durch die bodentiefen Fenster hinaus in den Garten.

»Sehen Sie sich um, sie geht einfach da hinaus, wenn sie spazierengehen möchte.«

Bente folgte ihrem Blick über den gepflegten Rasen zu den heidekrautüberwucherten Hügeln.

»Standen irgendwelche Türen offen, als sie nachhause kamen?«

»Nein!«

»Vielleicht irgendeine Terrassentür? Versuchen Sie, sich zu erinnern. Eventuell ist es Ihnen in der Aufregung nicht aufgefallen?«

Sie schüttelte den Kopf.

»Nahm sie Drogen oder Alkohol zu sich?«

»Was denken Sie von ihr! Sie ist 25!«

Bente wartete schweigend auf eine Antwort.

»Nie im Leben, das hätte sie mir erzählt! Juliette und ich waren...äh, sind wie Schwestern!«

Eine Frau trat in die Küche, grüßte in die Runde und wandte sich an Svea Larsen.

»Ich glaube, sie braucht dich jetzt. Sie stellt viele Fragen und ich weiß nicht, was ich ihr sagen soll.«

»Danke Lisa, ich geh sofort hoch!«

Sie legte beide Handflächen zusammen, als stumme Dankesgeste.

Bente schätzte die Frau auf Mitte vierzig. Sie war das, was landläufig als schön galt. Lange, blonde Haare, groß und schlank.

»Sie wohnen nebenan?«

»Ja.«

»Ist ihnen heute Vormittag irgendetwas aufgefallen? Haben Sie vielleicht Juliette das Haus verlassen sehen?«

Die Frau schüttelte den Kopf und hob entschuldigend die Schultern.

»Ich muss jetzt leider los.«

»Ok, danke nochmal! Ich gehe jetzt nach oben.«

Svea Larsen sah in die Runde.

»Ihre Fragen müssen warten!«

Damit stand sie auf und ging in den Flur.

Als sie sich ebenfalls erhob, platzte Hansen in die Küche und schloss die Tür hinter sich.

»Wir haben das hier in ihrem Badezimmer gefunden!«

Er hielt einen Plastikbeutel hoch, in dem sich ein Teststreifen befand.

»Offensichtlich ist das Mädchen schwanger!«

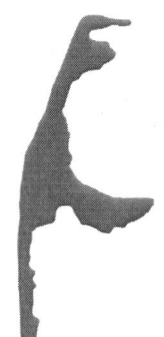

Kapitel 5

Welcher Vollidiot parkt mit seinem rostigen Hippie-Bus auf meinem Parkplatz?«

Benno Larsens Stimme klang durchs Haus, noch bevor er die Haustür geschlossen hatte.

Bente, die gerade mit Hansen und Röder im Flur sprach, drehte sich zu ihm um.

»Der Vollidiot bin ich. Hauptkommissarin Brodersen. Und Sie sind?«

Natürlich wusste sie sofort, wer er war. Sie erkannte ihn von den Fotos im Internet.

»Dann machen Sie mal meinen Parkplatz frei, Frau Hauptkommissarin.«

Benno Larsen war es gewohnt, Widerrede komplett zu ignorieren.

»Und lassen Sie den Köter im Auto! Nicht, dass der auf meinen Rasen pinkelt!«

Mit solch ausgefahrenen Ellenbogen brachte man es also zu etwas, dachte Bente. Dass er ihren Hund als Köter bezeichnete, machte ihn noch unsympathischer, als er ohnehin schon war.

»Was ist hier überhaupt los?«

Er rief nach seiner Frau.

»Svea!«

»Sie ist oben bei Ihrer Tochter.«

»Was ist mit Jördis?«

Zwei Stufen auf einmal nehmend stürzte er die Treppe in das Obergeschoß hinauf.

»Jördis, Papa ist da, meine Prinzessin!«

Benno Larsen verschwand im Kinderzimmer.

»Ich möchte, dass Sie alles über diese Juliette Durand herausfinden. Wo kommt sie her, gibt es Hinweise auf ihrem Facebook- oder Instagramprofil? Alles, was sie finden können!«, wandte Bente sich an Heike Röder.

Den seelischen Beistand für Frau Larsen konnte ihr Mann jetzt übernehmen.

Tammo Hansen hielt sich im Hintergrund. Er kannte seine Nachfolgerin nur vom Hörensagen.

Man sagte, sie sei schwierig, eigenbrötlerisch und lachte so gut wie nie. Und dass sie nirgendwo ohne ihren Hund hinginge.

Sie war eine attraktive Frau, die ihre Weiblichkeit hinter Männerklamotten versteckte. Offensichtlich stand bei ihr Funktionalität vor Modebewusstsein.

»Die SpuSi hat die Umgebung des Fundortes der Strickjacke abgesucht. Es gibt keine Spuren, die zum Meer hinunterführen. Wir können also ausschließen, dass sie sich wegen der Schwangerschaft in einer Kurzschlußhandlung etwas angetan hat oder ins Wasser gegangen ist.«, berichtete Hansen.

»Ausgerechnet eine Frau als Nachfolgerin!«, murmelte er in seinen Bart.

Bente hatte es gehört, ignorierte ihn aber. Die Tatsache, dass Frauen bei der Polizei immer noch nicht ernst genommen wurden, begleitete sie seit Jahren und es hatte schon weitaus schlimmere Bemerkungen gegeben.

»Ich freu mich auch, Sie kennenzulernen!«

Sie sieht ihn auffordernd an.

»Hansen.«

»Brodersen.«

Bente runzelte kurz die Stirn. Dieser Hauptkommissar gehörte zu den alteingesessenen Friesen. Wortkarg, direkt und mit der konservativen Ansicht, Frauen sollten sich nicht in Männerarbeit einmischen. Es wurde Zeit, dass die Alten in Rente gingen und Platz für neues Gedankengut machten, aber diese Gedanken behielt sie für sich. Es brachte nichts, sich mit ihrem Vorgänger auseinanderzusetzen. Er war ab nächste Woche in Pension und konnte täglich seinen Rasen mähen!

»Dann haben wir das geklärt!«, sagte Hansen trocken.

Bente reichte ihm eine ihrer Visitenkarten.

»Schicken Sie alle Fotos, die bis jetzt gemacht wurden, auf mein Handy.«

Hansen grunzte, was sie als Zustimmung deutete.

Sie ging die Treppe hoch und klopfte an die Kinderzimmertür.

»Herr Larsen?«

Die Tür wurde aufgerissen und Benno Larsen trat heraus, sodass sie zurückweichen musste.

»Nicht hier vor unserer Tochter. Sie ist erst drei! Meine Frau sagt, es geht um Juliette?«

Er klang nicht besorgt, sondern verärgert.

»Wollen wir unten in der Küche sprechen?«

Als sie vor ihm die Treppe hinunterging, fühlte sie sich mit Benno Larsen im Rücken unwohl. Er strahlte eine Dominanz aus, die beinahe bedrohlich wirkte.

»Meine Frau sagt, Juliette wird vermisst und an ihrer Jacke ist Blut?«

»Wir gehen verschiedenen Hinweisen nach.«

»Und die wären? Geht es konkreter?«

Benno Larsen sah sie auffordernd an.

Bente beschloss, nicht darauf einzugehen. Im Ignorieren hatte sie bis jetzt noch jeden besiegt.

»Wissen Sie, was Juliette in ihrer Freizeit macht? Hat sie Freunde auf der Insel?«

»Woher soll ich das wissen? Ich geh morgens aus dem Haus und komme abends wieder. Da ist sie bereits meist in ihrer kleinen Wohnung. Freunde, glaube ich nicht. Sie ist etwas seltsam, liest viel und so!«

»Ihre Frau sagte, sie wäre so etwas wie ein Familienmitglied.«

»Na ja, sie wohnt hier!«

»Wessen Idee war es, ein Au-pair-Mädchen einzustellen?«

Bente stellte die Frage aus einer Eingebung heraus.

»Ist das wichtig?«

»Könnte es werden!«

»Wenn was eintritt?«

Ihm fehlte es eindeutig an Respekt ihrer Arbeit als Kommissarin gegenüber.

Er war weder hilfsbereit noch wirklich interessiert. Die Gegenfragen, die er stellte, hatten etwas Provokantes an sich.

»Ich notiere mir, dass Sie sich dazu nicht äußern wollen.«

Sie zückte den durchsichtigen Plastikkugelschreiber.

»Moment! Ich frage nur, ob das wichtig ist.«

Er testete aus, wie weit er gehen konnte, ohne als unkooperativ zu gelten.

»Sehen Sie, Herr Larsen, wir können uns hier gern im Kreis drehen, aber wir versuchen herauszufinden, ob Ihrem Au-pair-Mädchen etwas zugestoßen ist und ich frage mich, weshalb Sie jegliche Mithilfe verweigern.«

»Das haben Sie falsch interpretiert! Ich verweigere mich nicht, aber Juliette wird irgendwo am Strand sitzen und lesen. Sie liest immer!«

»Auf ihrem E-book Reader?«

Bente zeigte auf den kleinen Kindle, der mit den anderen Sachen aus dem Rucksack auf dem Küchentisch lag.

»Na gut, dann hat sie ihn halt vergessen, na und?«

»So, wie Sie es darstellen, Herr Larsen, geht Juliette aus dem Haus, vergisst ihren Kindle, den sie aber immer benutzt, weil sie viel liest und nimmt dafür ihren Reisepass mit?«

Er starrte sie für eine Sekunde an.

Bente hatte schon in viele Augen gesehen. Sie hatte Traurigkeit, Schuldbewusstsein, Nervosität oder auch Interesse darin gesehen. Benno Larsens Augen aber waren kalt und empathielos.

»Was weiß ich, es gibt viele Gründe, seinen Pass mitzunehmen. Vielleicht eröffnet sie ein Konto oder schließt einen neuen Handyvertrag ab? Haben sie es schon auf ihrem Handy versucht?«

»Das ist ein gute Idee, Herr Larsen. Danke für diesen Tipp!«

Bentes Sarkasmus war nicht zu überhören.

»Ich helfe immer gern, Frau...«

Er stockte kurz.

»Brodersen, richtig?«

»Kommissarin Brodersen!«

»Oh, ist es Ihnen unangenehm, eine Frau zu sein?«

Bente fragte sich, weshalb er darauf abzielte, sich mit ihr anzulegen.

»Eine junge Frau wird vermisst und es gibt ernsthafte Anzeichen und Indizien, um sich mehr als nur Sorgen zu machen. Ihr lockerer Ton ist unangebracht!«

Sie musste ihn aus der Reserve locken, ihn überraschen! Noch konnte sie sich keinen Reim auf Benno Larsen machen, aber seine Frau tat ihr auf jeden Fall leid.

»Führen Sie und Ihre Frau eine harmonische Ehe?«

»Das ist Ansichtssache!«

Er besaß die Frechheit, sie anzugrinsen.

»Sind Sie und Juliette sich jemals näher gekommen?«

»Das ist absurd!«

Larsens Tonfall verriet Unmut und Ärger. Bente war auf dem richtigen Weg.

»Wussten Sie, dass Juliette schwanger ist?«

Jetzt kam es auf seine Reaktion an!

Benno Larsen lachte laut auf und schüttelte den Kopf.

»Juliette? Niemals!«

»Und was macht sie da so sicher?«

»Sie steht auf Frauen!«

Kapitel 6

Eine halbe Stunde später stand Bente mit Ulrike hinter dem Haus auf dem Hügel, wo die blutverschmierte Strickjacke gelegen hatte.

Sie hing ihren Gedanken nach.

Der unsympathische Benno Larsen ging ihr nicht aus dem Kopf.

Warum war er auf Konfrontationskurs mit der Polizei gegangen? Lag es an ihr? Weil sie eine Frau war?

Spielte er einfach seine kleinen Machtspiele mit allen Frauen?

Sie konnte sich nicht vorstellen, dass jemand, der mit Juliettes Verschwinden zu tun hatte, dermaßen angriffslustig der Polizei gegenüber sein würde. Andererseits tickten Mörder anders.

Ulrike, ihre vier Jahre alte Labradorhündin, schnüffelte aufgeregt um die Markierung herum, wo die Spurensicherung Abdrücke, Bodenproben und Fotos genommen hatte.

Ihre Hündin Ulrike zu nennen, war ihre ganz spezielle Art von Humor. Sie liebte es, die überraschten Gesichter zu sehen, wenn sie ihren Hund rief.

Gleich hinter dem Hügel begann das Wattenmeer.

Das Grundstück der Larsens war nur durch den Beginn des kniehohen Heidekrautbewuchses abgegrenzt. Vom Rasen führte ein breiter und offensichtlich viel genutzter Trampelpfad in das Naturschutzgebiet.

Ulrike lief aufgeregt einem Kaninchen hinterher. Bente pfiff einmal und sofort war der Hund an ihrer Seite.

»Braves Mädchen!«, lobte Bente und ein Leckerli verschwand in Ulrikes Maul.

Es hatte aufgehört zu regnen, aber der Sturm legte nur eine Verschnaufpause ein. Die Wolken türmten sich bedrohlich auf und in der Ferne war schon wieder ein Donnergrollen zu hören.

Bente nahm ihr Handy und filmte den Ort, drehte sich dabei langsam um 360 Grad im Kreis, um das Gefühl für diesen Ort einzufangen.

Warum wurde die Jacke hier gefunden? War das Mädchen geflohen? Vor wem?

Es war die zentrale Frage, um Licht ins Dunkel dieses Falles bringen zu können.

Bente checkte ihr Handy und betrachtete die Fotos, die Hansen ihr geschickt hatte.

Svea Larsen hatte angegeben, dass sie Juliette gegen 11 Uhr das letzte Mal gesehen hatte.

Ob die kleine Jördis etwas gesehen oder gehört hatte?

Bente war sich sicher, dass beide Eltern nicht bereit wären, ihre Tochter einer Befragung auszusetzen.

Sie trat den Rückweg zum Haus an und wurde von den Kollegen der SpuSi am Trampelpfad zum Garten abgefangen.

»Im Haus sind wir fertig.«

Bente nickte.

»Nehmt euch noch die Autos vor und wenn Benno Larsen sich dagegen sträubt, schickt ihn zu mir.«

»Wieso, der ist doch entspannt!«

»Bitte?«

Bente traute ihren Ohren nicht.

»Larsen hat uns bisher bereitwillig überallhin Zugang verschafft und uns sogar Kaffee angeboten.«

»Reden wir von Benno Larsen?«

»Ja! Okay, dann noch die Autos.«

Bente blieb nachdenklich im Garten zurück.

War Benno Larsen ein Chauvinist, der es darauf anlegte, Frauen zu brüskieren? Sie fand vorerst keine andere Erklärung für sein Verhalten.

Ihr Handy klingelte.

»Hansen hier, Sie haben Besuch!«

Bente drehte sich zum Haus und sah Hansen an der Terrassentür stehen und ihr zuwinken.

Als sie in die Küche trat, stand ein Mann in maßgeschneidertem Anzug neben Hansen und überreichte ihr eine Visitenkarte.

Einen Anwalt erkannte sie auf Anhieb!

»Meine Mandantschaft war bisher sehr kooperativ und in Anbetracht der besonderen emotionalen Belastung, insbesondere für die Tochter, bitte ich Sie, das Haus unverzüglich zu verlassen und der Familie Zeit zu geben, zur Ruhe zu kommen.«

Bente war bewusst, dass Widerspruch zwecklos war. Das Haus war kein Tatort und lediglich die blutverschmierte Strickjacke der Vermissten deutete auf ein Verbrechen hin.

Sie wandte sich an die Kollegen und rief:

»Jungs! Wir gehen!«

Einige Minuten später stand Bente mit Hansen und Heike Röder auf der Auffahrt.

»Wo kam der denn so schnell her?«

»Keine Ahnung!«, grummelte Hansen in seinen Bart.

Bente sah auf die Visitenkarte des Anwalts. »Maik Dreesen aus Hamburg. Er muss schon auf der Insel gewesen sein!«

Hansen nickte.

»Okay, was haben wir?«

»Die Jacke und den Rucksack der Vermissten, sowie den Schwangerschaftstest. Im Bad haben wir einige Blutspuren gefunden.«

»DNA-Spuren?«

»Haare aus der Bürste und Erich hat den Inhalt aller Mülleimer mitgenommen.«

Erich, einer der Kollegen von der Spurensicherung, stand einige Meter entfernt am Auto und hielt zum Beweis 4 Plastikbeutel hoch.

»Ich habe den Messerblock gesichert!«

Hansen überreichte Erich den Block in einem Plastikbeutel.

»Sie konnte sich nicht genau erinnern, welches Messer sie oben im Kinderzimmer gefunden hatte.«

»Ich möchte so schnell wie möglich Ergebnisse!«

»Morgen ist Samstag, da ist im Labor tote Hose. Vor Montag wird das definitiv nichts!«, seufzte Erich.

»Ich will die Ergebnisse vor Montag Abend! Alles klar?«

Erich nickte stumm.

Bente Brodersen war nicht der umgängliche Typ, das hatten alle schon gehört, bevor sie die Insel überhaupt betreten hatte. Ihr Ruf eilte ihr voraus.

Bente öffnete die Schiebetür ihres Bullis und schickte Ulrike hinein.

»Gibt es eine Dienstwohnung auf der Insel? Mein Apartment kann ich erst am Montag beziehen.«

»Kann sich die Polizei denn kein Hotel leisten?«

»Wir sind beim gleichen Verein, oder? Wäre mir neu, dass da Geld über ist!«

Bente sah zum ersten Mal den Anflug eines Grinsens auf dem Gesicht des Hauptkommissars.

»Hinter der Wache ist ein kleines Zimmer mit Klo für den Nachtdienst. Da können Sie rein.«

Bente nickte.

Die Autos setzten sich in Bewegung und fuhren die Auffahrt von Larsens Anwesen hinunter. Bentes alter Dieselbus knatterte wie ein Traktor.

Sie folgte den vorausfahrenden Einsatzfahrzeugen, bremste aber spontan, als sie die Frau, die auf die kleine Jördis aufgepasst hatte, vor der Nachbarhaustür stehen sah.

Sie kurbelte das Fenster runter.

»Kann ich Sie kurz sprechen?«, rief sie gegen den Wind an.

Die Frau zögerte einen Moment, dann nickte sie.

Bente sprang aus dem Bus und lief zum Haus. Der Sturm zerrte an ihrer Kleidung. Es würde gleich regnen.

Die Frau wartete vor der Tür. Es war offensichtlich, dass sie sie nicht hereinbitten wollte. Es befanden sich 6

Klingelschilder neben der Haustür, wahrscheinlich handelte es sich um Ferienwohnungen, bis auf eines mit dem Namen Lisa Sellering, war keines der Schilder beschriftet.

»Frau Sellering? Brodersen, ich bin von der Polizei, wir haben uns vorhin in der Küche kurz gesehen.«

»Ja, ich weiß.«

»Können Sie mir etwas über Juliette sagen?«

Frau Sellering schüttelte den Kopf und antwortete dennoch.

»Ich habe nur selten mit ihr gesprochen aber wenn Sie mich fragen, ist sie nicht ganz astrein!«

Ihre Pupillen bewegten sich hektisch hin und her. Sie warf einen prüfenden Blick hinüber zum Larsenhaus.

Bente erkannte eine Art Melancholie in ihrem Blick. Sie sah traurig aus.

»Wie kommen Sie darauf?«

Bente schätzte Lisa Sellering als den Typ Nachbarin ein, der nur darauf wartete, über andere reden zu können.

Solche Menschen versuchten, ihr langweiliges, monotones und oftmals einsames Leben mit Tratsch und Klatsch aufzubessern.

»Sie hat sich irgendwie in diese Familie eingeschlichen! Svea, also Frau Larsen, vergöttert sie und ihr Mann führt sich in ihrer Gegenwart wie ein Gockel auf!«

»Mir wurde gesagt, dass Juliette sich zu Frauen hingezogen fühlt?«

»Was?«

»Sie ist lesbisch!«, präzisierte Bente.

»Pah!«

Lisa Sellering lachte laut auf.

»Das erkenne ich auf den ersten Blick, sie hat das Svea sicherlich nur aufgetischt, damit sie keinen Verdacht schöpft!«

Bente machte sich Notizen.

Lisa Sellering sah immer wieder gehetzt zu dem Haus der Larsens hinüber. Offensichtlich wollte sie nicht mit der Polizei gesehen werden.

»Ich muss jetzt rein, tut mir leid.«

Der Schlüssel klickte im Schloss.

Bente sah zum Haus der Larsens. Auf der Auffahrt stand breitbeinig Benno Larsen und schaute herüber.

»Wie lange kennen Sie und Svea Larsen sich schon?«

Bente musste versuchen, weitere Informationen zu erhalten, aber Lisa Sellering war offensichtlich eingeschüchtert.

»Oh, noch nicht so lang, seit letztem Herbst!« Es lag eine deutliche Anspannung in ihrer Stimme.

»Machen Sie viel zusammen?«

»Wer?«

»Sie und Ihr Mann und die Larsens. Schließlich sind sie Nachbarn und Freundinnen.«

Ihr Gesicht versteinerte für einen Moment. Die Antwort ließ auf sich warten.

»Ich bin alleinstehend!«, presste sie schließlich hervor.

Und frustriert, dachte Bente.

»Ach, das geht mich ja auch nichts an. Vielen Dank, Frau Sellering. Hier ist meine Karte. Falls Ihnen etwas einfällt, rufen Sie mich bitte an.«

Sie nickte und steckte die Visitenkarte ein.

Bente drehte sich um und passte den richtigen Moment ab. Irgendetwas sagte ihr, dass sie Lisa Sellering mit der Nachricht konfrontieren sollte.

»Ach, Frau Sellering? Wussten Sie, dass Juliette schwanger ist?«

Sie stand bewegungslos vor ihr, verzog keine Miene. Bente konnte nicht sagen, ob sie überrascht war oder es bereits wusste.

»Das Schwein!«, murmelte sie schließlich leise, trat in den Hausflur und schloss die Tür von innen ab.

Als Bente wieder in ihrem Bus saß, kraulte sie die Ohren ihrer Hündin.

»Ulrike, die lügen wie gedruckt! Alle wie sie da sind!«

Kapitel 7

Die Abenddämmerung setzte bereits ein, als Bente und Ulrike die Wache in Westerland erreichten.

»Na, Brodersen, hast dich verfahren?«

Hansens Mimik verriet nicht, ob er es sarkastisch oder fürsorglich meinte.

Ulrike lief schwanzwedelnd auf ihn zu und drückte sich an ihn.

»Na, Mädchen, du bist ja ne Hübsche!«

Er zog einen Hundekeks aus seiner Tasche und gab ihn Ulrike, die begeistert vor ihm saß und auf mehr wartete.

Bente lächelte und schwenkte die weiße Fahne. Der 65-jährige Hansen war nicht mehr zu ändern. Typisch für den Norden war, dass er den Nachnamen und das Du benutzte.

Er war und blieb ein Sturkopf, der die Frau lieber hinter dem Herd sah, aber er war kein schlechter Mensch. Er mochte Hunde!

Hansen war zwar offiziell noch der Dienststellenleiter, aber mit Eintreffen auf der Insel hatte Bente den Fall übernommen.

»Ich habe zwar gehört, dass die alte Polizeiwache einsturzgefährdet war und geräumt werden musste, aber jetzt überrascht es mich doch!«

Mehrere Wohncontainer standen auf dem Parkplatz zwischen dem Funkturm und dem Bahnweg. Dies stellte die behelfsmäßige Unterkunft für die Polizeiwache dar.

Es wirkte eher wie eine Flüchtlingsunterkunft, aber zumindest hielt das Blech den Regen ab!

»Sieht ein bisschen karg aus.«

Bente schaute sich um.

»Gemütlich geht anders!«

Hansen zuckte mit den Schultern und wies auf eine hintere Tür.

»Dahinter gehts zum Dienstzimmer.«

Bente nahm ihre Reisetasche und betrat den Raum, während Ulrike, auf ein weiteres Leckerli hoffend, zu Hansens Füßen liegenblieb.

Auf 10 Quadratmetern befand sich ein Metallbettgestell, auf dem eine Matratze, eine Wolldecke und ein Kissen lagen, daneben ein Spind und ein kleiner Tisch mit Stuhl.

Das Fenster zum Bahndamm war mit einem Rollo versehen und hinter einer Abtrennung entdeckte sie das Minibad, das an ein Wohnmobil erinnerte.

»Ist nicht das Hilton!«, bemerkte Hansen trocken.

»Gibts hier ne Kaffeemaschine?«, fragte Bente ernüchtert.

»Im Spind steht ein Wasserkocher.«

»Na, das ist ja purer Luxus!«

»Tassen, Tee und löslichen Kaffee findest du in der Teeküche im Nachbarcontainer.«

Bente beschloss, für diese Nacht hierzubleiben und sich morgen um eine andere Bleibe zu kümmern.

»Was macht ne Deern wie du bei der Mordkommission?«

Hansens Gesichtsmuskeln mussten aus Stein sein, so unbeweglich waren sie. Aus seinem Gesicht vermochte Bente nichts herauszulesen.

»Ich überführe Mörder!«

»Na, dass du keine Fischbrötchen machst, ist mir auch klar, aber weshalb geht ne Frau zur Mordkommission?«

»Ich habe mich auf die Stelle hier auf Sylt beworben, um die kleinen und normalen Fälle zu bearbeiten, statt mich um Mord und Totschlag zu kümmern. Und Sylt ist eine der wenigen kriminalpolizeilichen Abteilungen, die ungegliedert sind und alle Fälle übernehmen.«

»Aber du bist ne Frau!«

Bente starrte ihn fassungslos an. In der heutigen Zeit, mit Me-Too-Debatten und Genderbewusstsein, war diese Aussage von einem Beamten bedenklich.

»Wo soll ich denn deiner Meinung nach arbeiten? Ordnungsamt, am Herd stehen oder Strickmuster falten?«, erwiderte sie angriffslustig.

»Nee, Brodersen, so hab ich das nicht gemeint. Du bist Mutter, vielleicht sogar irgendwann Großmutter, wenn alles gut läuft.«

»Und Mütter können keine gute Arbeit in der Mordkommission leisten?«

Bentes Ärger über ihren Vorgänger nahm durch diese Reduzierung auf das Muttersein noch zu.

Dem alten Polizisten entging das nicht.

»Halt den Ball flach, Brodersen, ich meine etwas ganz anderes.«

Bente starrte ihn wutentbrannt an.

Er tätschelte beruhigend Ulrikes Kopf, die die Spannungen spürte und sich die Schnauze leckte.

»Mütter sollen Kindern Liebe, Achtung, Respekt und moralische Werte vermitteln. Das, was du jeden Tag mitansehen musst, macht doch etwas mit dir. So etwas ist unterschwellig immer präsent!«

Bente schluckte ihren Ärger herunter und staunte. Seine Äußerung traf zu!

»Und warum sollten Väter ihren Kindern nicht auch Werte wie Liebe, Respekt oder Achtung vermitteln?«

Bente war es leid, sich immer wieder aufs Neue in einer vermeintlichen Männerdomäne behaupten zu müssen.

»Ganz ehrlich, Brodersen?«

Hansen ließ den Anflug eines Schmunzelns erkennen.

»Ich bitte darum!«

»Männer sind einfach zu dämlich dafür. Meiner Ansicht nach sollten Frauen die Welt gestalten und formen. Männer sollten, wie von der Evolution vorgesehen, Dinge wie Viehzucht, Ackerbau und Jagd betreiben. Auch nach Verbrechern.«

Bentes Mund stand offen. Sie hatte den alten Friesen vollkommen falsch eingeschätzt. Dass sich hinter dieser derben Fassade solches Gedankengut verbarg, hatte sie nicht erwartet.

»Das Unglück der Welt heißt Testosteron.«

Jetzt musste Bente grinsen.

»Politik sollte Frauensache sein!«

Hansen fischte noch ein Leckerli aus seiner Tasche und hielt es Ulrike hin.

»Jetzt weißt du, weshalb ich der Meinung bin, dass du hier falsch bist. Und wenn du noch so gute Arbeit leistest, woanders wäre dein Talent von mehr Nutzen.«

Bente sah ihn gerührt an.

»Danke, Hansen!«

»Wofür?«

»Für deine ehrlichen Worte.«

»Das war kein Kompliment! Ich hab nur nett umschrieben, dass du hier eigentlich nichts zu suchen hast, aber ich bin ab Montag raus und es kann mir egal sein!«

Harte Schale, weicher Kern! Offenbar war es Hansen peinlich, sich so weit aus dem Fenster gelehnt zu haben.

Bente unterdrückte ein Lächeln und rief die bettelnde Ulrike zu sich.

Heike Röder klopfte an den metallenen Türrahmen und trat schüchtern ein.

»Frau Brodersen?«

Sie war wahrscheinlich nicht älter als Anka oder die vermisste Juliette.

»Sagen Sie Bente!«

»Ja, Frau Bordersen, äh, Bente!«

»Haben Sie was rausgefunden?«

»Juliette Durand ist tot!«

Bente und Hansen reagierten überrascht, wenngleich die Befürchtung sich damit bestätigte.

»Wo ist die Leiche gefunden worden?«

»Das weiß ich nicht, aber das französische Einwohnermeldeamt hat meine Anfrage bearbeitet und die Inhaberin des Reisepasses ist gestorben.« Bente zog die Augenbrauen zusammen.

Heike Röder schluckte nervös.

»Vor 5 Jahren!«

Kapitel 8

Ulrike lag unter dem Stehtisch und wartete darauf, dass etwas von der Pizza hinunterfiel.

Bente saß mit Heike Röder im *Coprinos*, einem Pizzaimbiss in fußläufiger Entfernung zur Wache.

»Also, wer ist unsere Juliette in Wahrheit?«

Bentes Tablet lag auf dem Tisch. Sie starrten beide auf das Foto des Reisepasses.

Was war der Grund für diese falsche Identität?

»Waren Sie lange bei der Mordkommission?«

Heike riss sie aus ihren Gedanken.

»Zu lange!«

Sie betrachtete die junge Polizistin in ihrer dunkelblauen Uniform und erinnerte sich an ihren eigenen Start bei der Polizei.

»Viele Kollegen älteren Semesters raten einem, sich versetzen zu lassen, wenn Mord den Alltag bestimmt.«

Sie rang sich ein ironisches Lächeln ab.

»Sind Sie deswegen hier auf die Insel gekommen?«

Mit einem stummen Nicken bejahte sie die Frage.

Heike biss genussvoll in die Pizza.

»Und du, wo willst du hin?«

»Ich wollte nie zur Kripo.«, antwortete sie kauend.

»Ich will Familie und Kinder und dann nicht andauernd an Mord und Totschlag denken. Aber irgendwie bin ich hier gelandet!«

Das waren haargenau Hansens Ansichten. Ob er sie dahingehend geimpft hatte?

»Hast du Kinder?«

Bente bemerkte Heikes Unsicherheit, ob sie sie duzen sollte.

»Eine Tochter. Sie studiert in Hamburg.«

Sie wollte nicht weiter darauf eingehen. Ihre eigene Familie war an ihrer Arbeit zerbrochen und nun versuchte sie, mehr oder weniger erfolgreich, das Verhältnis zu Anka zu kitten.

Sie war zu der Einsicht gelangt, dass Job und Persönlichkeit sich bedingten. Eine tiefsitzende Morbidität musste in ihr sitzen, ansonsten gab es keinerlei Grund, sich in die grausamen, menschlichen Abgründe zu begeben.

»Die Arbeit bei der Mordkommission ist etwas für Pessimisten!«

Heike blickte sie interessiert an.

»Wir gehen davon aus, dass Morde geschehen. Das ist unsere Daseinsberechtigung.«

»Aber ohne uns geht es doch auch nicht?«

»Natürlich nicht, aber wir warten auf das Verbrechen, den Mord, den Totschlag. Unsere Existenz wirkt nicht abschreckend und wir retten kein Leben.«

Ein Auge auf das Tablet gerichtet, fuhr sie fort:

»Wir gehen zur Mordkommission, weil wir davon überzeugt sind, dass die Welt schlecht ist!«

»Und ist sie es denn auch wirklich?«

Bente legte das Stück Pizza zurück auf den Teller und sah ihrer Kollegin fest in die Augen.

»Was denkst du?«

Heike überlegte ihre Antwort.

»Nein, ich glaube an das Gute im Menschen! Hört sich das naiv an?«

»Nein, es hört sich gut und richtig an!«

Zurückblickend suchte Bente nach dem Moment, wo sie den Glauben an die Menschheit verloren hatte und zur Pessimistin geworden war. Insgeheim wünschte sie sich Heikes Weltanschauung, aber dafür hatte sie einfach zu viel gesehen.

»Und ist sie nun schlecht?«

Heike beharrte auf einer Antwort.

»Ja, leider. Aber nicht jeder muss sich damit auseinandersetzen!«

Schweigend aßen sie ihre Pizza.

»Wie kommst du zurecht mit dem alten Hansen?«

Heike grinste mit vollem Mund.

»Auf der Wache ist er so etwas wie eine Institution. Er ist kein wirklicher Miesepeter, aber auch kein Witzbold.«

»Hat er ein Problem mit Frauen im Polizeidienst?«

»Er macht keinen Hehl daraus, dass er das so sieht, aber ich denke, er hat sein Herz am rechten Fleck. Das ist doch schon mal was.«

»Stimmt!«

»Wie findest du ihn?«, fragte Heike interessiert.

Bente überlegte. Sie wollte nichts Falsches sagen, da auf Dienststellen mehr getratscht wurde als in Treppenhäusern und dies ihr erster Tag war.

»Ulrike mag ihn, das reicht mir vorerst!«

Bente zuckte schmunzelnd die Achseln.

Heike lachte erleichtert auf. Offenbar mochte sie den alten Hansen wirklich.

»Schrecklich, dass sie vielleicht zweimal stirbt!«

»Was?«

Heike zeigte auf das Tablet.

»Für die Akten wäre sie dann zweimal gestorben.«

»Wie kommst du darauf, dass sie tot ist?«

»Na, irgendwie ist die Sache mittlerweile zu seltsam, als dass sich das alles als Mißverständnis oder dummen Zufall herausstellt, oder?«

Heike hielt sich erschrocken die Hand vor den Mund.

»Huch, war das jetzt zu pessimistisch?«

»Nein, eher realistisch!«

»Was glaubst du, was ihr zugestoßen sein könnte?«

»Ich habe mir zur Angewohnheit gemacht, erstmal gar nichts zu glauben, ansonsten verengt sich mein Horizont. Auch wenn beinahe 95 Prozent aller Morde aufgeklärt werden, so ist es in den seltensten Fällen so, dass sich der erste Verdacht bestätigt. Deshalb versuche ich, mich nicht dadurch beeinflussen zu lassen.«

»Weißt du, was man über dich sagt?«

Heike beugte ihren Oberkörper vor und flüsterte, als wollte sie ihr ein Geheimnis anvertrauen.

»Ich weiß, was die Kollegen sagen! Ich bin schwierig und das ist noch das Netteste, richtig?«

»Ja, auch, aber sie sagen, du bist wie dein Labrador. Du nimmst die Witterung auf, wühlst dich durch und findest zum Schluss immer den Knochen.«

Mit einem prüfenden Blick auf die immer noch pizzagierige Ulrike zog Bente ihre Mundwinkel nach oben.

»Das nehmen wir mal als Kompliment, was Ulrike?«

Heike knabberte die Pizzaecken fein säuberlich bis zu dem knusprigen Rand ab und ließ diesen auf dem Teller liegen.

»Weißt du, was noch eigenartig ist?«

»Mmmh?«

Bente schüttelte mit vollem Mund den Kopf.

»Ihr Instagram- und Facebookprofil sind komplett leer. Keine Fotos, keine Posts oder sonst Privates. Als Wohnort ist Sylt angegeben. Das wars. Für eine 25-Jährige ist das ungewöhnlich.«

»Haben wir sonst etwas über sie?«

»Nichts.«

»Ich versuche morgen, die Au-pair-Agentur zu erreichen und außerdem muss irgendwo ein Führerschein existieren, schließlich fährt sie einen Motorroller.«

»Der ist auf Benno Larsen zugelassen!«, klärte Heike sie auf.

»Dann werden wir ihn fragen. Ein wunderbarer Grund, ihn aufzusuchen. Mal sehen, wie sein Anwalt reagieren wird?«

»Hat sie oder er den Anwalt eingeschaltet?«

»Das weiß ich noch nicht. Allerdings bezweifle ich, dass der Anwalt auch nur im Ansatz kooperativ ist. Wie sieht es mit Videoüberwachung aus?«

»Hier auf Sylt sind die Innenstadt, der Bahnhof und einige Parkplätze videoüberwacht. Viele private Wege wurden ebenfalls überwacht, aber dagegen sind vor einigen Jahren die Datenschützer vorgegangen. Seitdem sind viele Kameras entfernt worden. Allerdings haben viele Restaurants und Ferienwohnanlagen Kamerasysteme installiert, aus versicherungstechnischen Gründen.«

»Können wir uns die Bahnhofaufnahmen ansehen?«

»Ich rede mit Hansen! Sorry, Bente, ich muss ins Bett, sonst schaff ich morgen die Frühschicht nicht!«

Heike unterdrückte mühsam ein Gähnen.

»Alles gut, wohnst du hier in Westerland?«

»Ja, 5 Minuten mit dem Rad!«

»Dann bringen Ulrike und ich dich bis vor deine Tür, wenn du nichts dagegen hast!«

»Hab ich nicht!«, grinste sie.

Anka war zwar im gleichen Alter wie Heike, aber ein so offenes Gespräch hatte sie mit ihrer Tochter lange nicht geführt.

Auf dem Rückweg von Heikes Wohnung zur Wache nahm Bente den Umweg über den Strand. Der Wind peitschte die Nordsee auf. In der Luft war das Salz zu spüren. Bente zog den Kragen ihrer Jacke hoch und schnalzte zweimal. Das war das Kommando für Ulrike, vorauszulaufen. Ihr machte das Schietwetter nichts aus. Sie lief schnüffelnd durch den Sand.

Bentes Gedanken schweiften zu Benno Larsen. Konnte es sein, dass er Juliette aus dem Weg geschafft hatte, weil sie von ihm schwanger war?

Lisa Sellering hatte eine komplett andere Wahrnehmung der Beziehung zwischen Juliette und den Larsens.

Es lag in der Natur des Menschen, die Umgebung subjektiv wahrzunehmen, aber hier waren die Aussagen der drei Befragten so unterschiedlich, dass etwas nicht stimmen konnte.

Svea Larsen hatte das enge, familiäre Verhältnis betont, Lisa Sellering dagegen hatte den Eindruck geäußert, dass das Mädchen sich in die Familie geschlichen hatte.

Was hatte sie gemurmelt, als Bente sie mit Juliettes Schwangerschaft konfrontiert hatte?

Das Schwein.

Damit konnte sie nur Benno Larsen gemeint haben!

Das Wasser brandete tosend und wütend heran. Die hellen Punkte der Gischt auf den Wellen verschwanden ebenso schnell, wie sie entstanden waren. Bente streckte die Nase in den Wind. Sie liebte das zornige Wetter der Nordseeküste und stellte sich noch eine Weile dem Wind entgegen, bis sie eine feine Salzkruste auf ihrem Gesicht spürte. Jetzt war sie bereit, in dem nüchternen Containerzimmer hinter der Wache schlafen zu gehen.

Kapitel 9

Im Haus der Larsens brannte in allen Zimmern auf beiden Etagen das Licht.

Beleuchtung war eines der wichtigsten Kriterien beim Verkauf einer Immobilie, predigte Benno Larsen seinen Kunden und ging, weithin sichtbar, mit gutem Beispiel voran. Auch wenn er dieses Anwesen niemals zum Verkauf anbieten würde!

»Sie schläft tief und fest!«

Svea kam in die große Wohnküche und ließ sich auf einen Stuhl fallen.

»Es war ein aufregender Tag für sie. Erst die Polizei im Haus und natürlich fragt sie nach Juliette!«

Ihr Mann reagierte nicht. Er nahm eine Flasche Champagner aus dem Kühlschrank und öffnete sie.

»Wie kannst du jetzt Champagner trinken? Juliette wird vermisst!«

»Die taucht schon wieder auf und außerdem haben wir nichts anderes als Champagner und ich brauche einen Drink. Du solltest auch ein Glas trinken, um dich zu beruhigen!«

Er vermied es, sie anzusehen.

»Dann gib mir auch einen!«, seufzte sie.

»Hoffentlich ist ihr nichts passiert, Benno. Ich habe kein gutes Gefühl!«

»Was soll ihr passiert sein? Ihr Pass und ihr Handy sind weg. Sie wird irgendwo auf einer Party abhängen.«

»Juliette? Sprichst du von unserer Juliette?«

Er zuckte mit den Schultern, als ob es ihn nicht interessierte.

Svea nippte am Champagner. Er war eiskalt und perlte am Gaumen.

»Weshalb war Maik heute so schnell zur Stelle?«

Svea wunderte sich erst jetzt über sein plötzliches Auftauchen. Maik war der Anwalt ihrer Familie, lange bevor sie Benno kennengelernt hatte.

Er war es auch gewesen, der sie zu einem Ehevertrag gedrängt hatte. Nicht, dass er Benno nicht über den Weg traute, aber das Familienvermögen sollte nicht durch eine eventuelle Scheidung gefährdet werden.

Anfangs hatte Svea sich gefürchtet, Benno davon zu erzählen, aber er hatte es relativ gelassen aufgenommen.

»Hauptsache, unsere Kinder sind versorgt!«, hatte er gesagt und ihr damit zu verstehen gegeben, dass er Kinder mit ihr wollte.

Sie war im siebten Himmel gewesen. Sie hatten sich zweimonatige Flitterwochen in Südfrankreich, Spanien und Marokko gegönnt, bevor sie dieses Anwesen auf Sylt gekauft hatte.

Ein Jahr später war Jördis zur Welt gekommen. Ihr Sonnenschein!

»Ich hatte Maik gesagt, er möchte auf die Insel kommen, um ihm zwei Häuser zu zeigen. Er ist immer auf der Suche nach Anlageobjekten.«

Svea nickte und dachte daran, dass sie die Kommissarin wegen ihres Alibis belogen hatte.

Aber was hätte sie tun sollen?

Diese Bente Brodersen hatte explizit nachgefragt und würde mit Sicherheit ihr Alibi überprüfen.

Sie musste es Benno sagen. Heute, jetzt!

»Benno, wir müssen reden!«

Er stand mit dem Rücken zu ihr, schaute hinaus in den illuminierten Garten und reagierte nicht.

Svea wartete einen Moment, aber er blieb stur so stehen, als ob er es ahnte.

Sie nahm einen großen Schluck aus dem Glas, bevor sie sich traute.

»Juliette ist schwanger, ich habe gehört, wie die Polizei darüber gesprochen hat. Bist du der Vater?«

»Hältst du mich für so dumm?«

»Hast du ein Verhältnis mit ihr?«

»Sie ist lesbisch, soweit ich informiert bin.«

Svea nickte und legte sich die nächsten Worte zurecht.

»Es tut mir leid, aber ich möchte die Scheidung!«

Sie konnte und wollte diesen Entschluss nicht scheibchenweise präsentieren, sondern geradeheraus und direkt. Wie ein Pflaster, das von der Haut gezogen werden musste.

Dieser Satz lag ihr seit Wochen auf der Zunge und nun, da sie ihn endlich ausgesprochen hatte, fühlte sie den Druck von sich abfallen.

Benno sagte keinen Ton, drehte sich noch nicht einmal um, sondern blieb bewegungslos stehen und nippte an seinem Champagnerglas.

»Hast du gehört, was ich gesagt habe, Benno?«

»Ja, klar und deutlich!«

»Können wir das wie zivilisierte Menschen besprechen, bitte?«

Er ignorierte sie weiterhin.

Sie spürte ihr Herz klopfen und hörte das Blut in ihren Ohren rauschen.

»Ich bin nicht mehr glücklich, wir sind nicht mehr glücklich!«, rief sie in dem verzweifelten Versuch, ihn zu einer Aussage zu bringen.

Dass er ihr einfach gleichgültig den Rücken zuwandte, machte sie nervös und wütend.

»Zwischen uns klafft ein riesiges Loch der Einsamkeit. Das musst du doch auch fühlen!«

Intimitäten zwischen ihnen gehörten längst der Vergangenheit an und außer ihrer gemeinsamen Tochter hatten sie keine Gesprächsthemen.

Sie war sich nicht sicher, ob und wenn ja, wie viele Affären er hatte und es war ihr schon lange egal.

»Ich weiß, wir streiten uns nicht, aber wir leben in diesem Haus wie Fremde aneinander vorbei.«

Sie versuchte, zu ihm durchzudringen, aber er stand einfach nur da und schwieg.

»Du kannst doch nicht glücklich sein!«

Sie starrte auf seinen Rücken und spürte das heftige Verlangen, ihr Glas nach ihm zu werfen, nur um irgendeine Reaktion zu bekommen.

Plötzlich drehte er sich herum. Sein Gesicht war versteinert, seine Stimme emotionslos.

»Sonst noch was?«

»Äh, ja, nein, also ich ....!«

Svea war überrascht, sie hatte mit Aggression und Wut gerechnet. Stattdessen sprach er zu ihr wie zu einem Kind.

»Ich will niemandem von uns die Schuld geben, es ist nur... einfach nur... da ist nichts mehr zwischen uns!«

Sein Blick haftete ausdruckslos auf ihrem Gesicht.

»Das kommt ja genau im richtigen Augenblick!«

Mehr sagte er nicht. In seiner Stimme schwang weder Trauer noch Wut oder Ärger mit.

Benno startete keinen Versuch, es ihr auszureden, sie zu überzeugen, dass ihre Ehe zu retten sei.

Bewegungslos wie ein Schrank stand er vor ihr. Jetzt wünschte sie sich, er würde ihr wieder den Rücken zuwenden, denn seine Augen waren kalt.

Sie fragte sich, wie sie sich jemals in ihn verlieben konnte.

»Lass es uns ohne Streit beenden, um Jördis willen. Sie soll nicht darunter leiden!«

»Okay! Wenn es das ist, was du willst!«

Svea war erleichtert. Mit seinem raschen Einlenken hatte sie nicht gerechnet, dennoch ärgerte sie sich insgeheim über seine Gleichgültigkeit und Gefühlskälte.

»Wie heißt er?«

Erschrocken wandte Svea den Blick ab.

»Was, wer?«

»Du weißt, wen ich meine, Svea. Wie heißt deine kleine Affäre, mit der du dich heimlich triffst, wenn du sagst, dass du im Fitnessstudio bist?«

Woher weiß er?

Warum hat er nichts gesagt?

»Es war nicht geplant. Das ist einfach geschehen und hat nichts mit uns zu tun. Ich war schon unglücklich, bevor ich Torben kennengelernt habe.«

»Torben also!«

»Wie lange weißt du es schon?«

Er antwortete nicht, sah sie nur kalt an. Ein Frösteln überzog ihren Körper.

Sie hatten sich so bemüht, unerkannt zu bleiben, gerade auch wegen Torbens politischer Karriere im Kieler Landtag.

»Und du liebst ihn?«

Benno fuhr mit seinem Zeigefinger auf der Tischplatte im Kreis, ganz langsam.

Er machte ihr Angst. Warum brüllte er sie nicht an oder beschimpfte sie?

Tränen traten in ihre Augen. Vielleicht war er nicht fähig, Gefühle zu zeigen. Beinahe hatte sie Mitleid mit ihm.

»Du musstest es mir sagen, weil du die Polizei angelogen hast, richtig?«

Mit einem Mal huschte ein Gewinnerlächeln über sein Gesicht. Ganz kurz, aber für Svea eindeutig zu erkennen.

»Ein falsches Alibi kann dir Ärger einbringen!«

Das Blut schoss ihr in den Kopf. Sie fühlte, wie sich ihre Gesichtsfarbe änderte.

»Lass uns damit aufhören, Benno. Du machst mir Angst!«

»Ich gebe das morgen an Maik weiter. Er wird die Scheidung für uns aufsetzen!«

Mehr sagte Benno nicht.

»Danke!«

Sie war froh, dass das Gespräch beendet war. Wie gern würde sie jetzt mit Torben reden. Aber er hatte sich nicht bei ihr gemeldet. Sie hatte es zig Mal auf seinem Handy versucht.

Er war verschwunden, so wie Juliette.

Mach dich nicht verrückt. Es gibt für alles eine Erklärung!

Sie war müde.

Ein letztes Mal versuchte sie, Benno emotional zu erreichen.

»Es tut mir leid, Benno, so leid!«

Mit einem ruhigen Zug leerte er sein Glas, stellte es sanft ab, beugte den Kopf etwas vor und senkte seine Stimme zu einem bedrohlichen Flüstern. Seine Worte trafen sie wie ein tödlicher Messerstich.

»Sei dir sicher, Svea, das wird es!«

Er nahm sein Handy vom Tisch und ging wortlos hinaus.

Kapitel 10

Die blechernen Wände des Containerkomplexes übertrugen jedes Geräusch.

Es war kurz nach sechs und Bente wälzte sich auf der dünnen Matratze hin und her.

Die Frühschicht hatte begonnen. Telefonklingeln, Stimmen, Türen öffneten und schlossen sich und gefühlt 100 Mal war ein *moin* durch die Wände gedrungen.

Ulrike stand bereits wedelnd vor ihrem Bett.

»Ja, mein Mädchen, ich steh schon auf!«

Sie schlich hinter die Abtrennung zur Toilette und konnte die Unterhaltungen aus dem Nachbarcontainer mithören.

Mit dem Drücken der Spültaste wartete sie, bis das Telefon klingelte. Es kam ihr vor, als wäre sie in einem verglasten Raum und die Kollegen würden jeden ihrer Schritte beobachten. Sie warf einen Blick auf ihr Handy und las eine Nachricht von ihrem ehemaligen Chef, Harro Hamkens aus Husum, die um 4:49 Uhr eingegangen war:

Wie ist der Urlaub auf Sylt?

Ihre Antwort tippte sie mit einer Hand, während sie mit der anderen ihre Zähne putzte.

Strandwetter! Gerade Bikini gekauft, jetzt Strandkorb und ab in die Fluten!

Ein Blick nach draußen bestätigte ihre Befürchtung. Der Sturm hatte nicht nachgelassen und dicke Regentropfen prasselten an die Scheibe.

Sie stellte sich in die winzige Duschkabine und wartete auf warmes Wasser. Vergeblich. Dann sah sie den Boiler, den sie vorher hätte einschalten müssen.

»Das war die erste und letzte Nacht in diesem Etablissement!«, raunte sie Ulrike zu.

Den Tag so zu beginnen, konnte kein gutes Zeichen sein.

Als sie die Tür öffnete, stand Hansen am Schreibtisch und prostete ihr mit einem Kaffeebecher zu.

»Moin, Brodersen. Mein lieber Scholli, du schnarchst aber mit Wumms!«

Die Kollegen lachten verhalten.

»So muss wenigstens keiner von euch checken, ob ich noch lebe!«, konterte sie trocken.

»Gibts noch Kaffee?«

»Läuft gerade durch!«, antwortete einer der Kollegen und zeigte auf eine kleine Abseite.

»Hört sich fast wie Schnarchen an!«, frotzelte Hansen und wieder wurde gelacht.

Bente schnappte sich ihre Fleecejacke vom Garderobenständer, pfiff Ulrike, die Verräterin, von Hansen weg und verließ die Wache wortlos.

Und da wundern die sich, dass es heißt, ich bin schwierig!

Eine halbe Stunde später spazierte sie mit einem heißen Kaffee und einem Buttercroissant die menschenleere

Kurpromenade entlang. Der frische Wind und die salzige Luft hatten gut getan.

Ulrike blieb alle paar Meter stehen und schnüffelte ausgiebig, wer oder was hier in den letzten 8 Stunden vorbeigegangen war.

Bente beobachtete ihre Hündin.

Im Grunde genommen war ihre Arbeit nicht anders. Sie suchte nach Hinweisen und Spuren in der unmittelbaren Vergangenheit, um nachzuvollziehen, wer wo, wann und weshalb gewesen war.

»Wenn ich nur deinen Spürsinn hätte!«, rief sie der Hündin zu, leerte ihren Becher und machte sich auf den Weg zurück zur Wache.

Es lag Arbeit vor ihr. Sie musste herausfinden, wer dieses Mädchen, das vorgab, die seit 5 Jahren verstorbene Juliette Durand zu sein, in Wahrheit war und weshalb sie eine falsche Identität benutzte.

Außerdem musste sie ihr kleines Team kennenlernen.

»Besprechung in 5 Minuten«, sagte sie forsch, als sie den Container betrat.

»Ich räume gerade mein Büro. Ist in einer Stunde für dich bereit.«, erklärte Hansen.

»Okay, wo kann ich bis dahin arbeiten?«

Hansen sah sich kurz um und zeigte auf einen Kollegen mit Halbglatze.

»Klemme, kümmerst du dich?«

Das war ein Befehl, keine Frage.

»Moin, ich bin Clemens, alle nennen mich Klemme.«, stellte er sich vor.

Er zeigte auf die Tische.

»Der hier ist besetzt, hier gehts auch nicht und der...nee, das ist Heikes.«

»Ich will nicht wissen, wo ich nicht sitzen kann!«, unterbrach Bente ihn barsch.

Jetzt wusste auch Klemme, dass sie schwierig war.

»Äh, klar, sorry!«, entschuldigte er sich, während Hansen sie aus den Augenwinkeln beobachtete.

In diesem Moment trat Heike durch die Tür und schüttelte fassungslos den Kopf.

»Wie doof muss man sein, um auf dem Autozug seinen Wagen aufbrechen zu lassen?«, rief sie statt einer Begrüßung.

Sie kam von einem Einbruchdiebstahl am Bahnhof Westerland.

»Überhaupt haben wir die letzten Tage nur dämliche Einsätze gehabt. Gestohlene Fahrräder, die alle am Bahnhof wieder auftauchten, Autoaufbrüche am Parkplatz hinten bei der Sansibar, Vandalismus in einer Gemeinschaftspraxis und jetzt dieser Einbruch auf dem Autozug. Die sind doch alle nicht ganz dicht!«

»Moin, Heike, kannst du mir eine Funkortung von Juliettes Handy und Einzelverbindungsnachweise besorgen? Wen hat sie wann angerufen und wie oft?«

»Klar, ich hol mir erst n Kaffee!«

»Ich möchte keinen Kaffee, sondern das Handy geortet haben! Irgendetwas missverstanden?«

Bentes Stimme klang wie ein Rasiermesser.

»Äh, ich wollte nur...«

Die junge Polizistin geriet ins Stocken.

Bente schwieg.

»Äh, klar, Frau Hauptkommissarin!«

Heike setzte sich an ihren Schreibtisch und schnäuzte sich.

»Prima gemacht, Brodersen. So macht man sich Freunde!«, raunte Hansen Bente zu und ging in die Teeküche.

Bente folgte ihm und schloss die Tür hinter sich.

»Ich bin nicht hier, um Freundschaften zu schließen, Hansen!«

Der alte Polizist sah sie mitleidig an.

»Sie hat dir nichts getan. Sie ist jung, unerfahren und unser kleiner Sonnenschein!«

»Das hier ist ein Polizeirevier, Hansen, keine Kita!«

Die Kollegen nebenan waren mucksmäuschenstill und lauschten dem Schlagabtausch.

»Und wenn es dir nichts ausmacht, Hansen, würde ich es begrüßen, wenn wir uns darauf konzentrieren, Juliette Durand oder wer immer sie auch ist, ausfindig zu machen.«

Bente nahm ihm den Becher aus der Hand, ging zurück zu den Kollegen und stellte Heike den Kaffee vor die Nase.

Sie sah das Zucken um Hansens Mundwinkel, als sie ihren Platz wieder einnahm, aber es war ihr egal.

Bente spürte die Blicke auf sich ruhen und wusste, dass sie überreagiert hatte. Das war nun mal ihre Art und die Kollegen würden sich daran gewöhnen müssen!

Warum triggerte der alte Hansen sie so?

Er verkörperte alles, wogegen sie die letzten 20 Jahre angekämpft hatte. Und obendrein erinnerte er sie an ihren Vater!

Seufzend stemmte sie sich vom Schreibtisch hoch, nahm ihre Jacke und warf Heike ihre zu.

»Kommst du kurz mit raus?«

Sofort bildeten sich wieder Tränen in ihren Augenwinkeln, aber sie nickte und folgte Bente. Ulrike schlüpfte im letzten

Moment durch die Tür und freute sich über die unverhoffte Fortsetzung der Gassirunde.

Bente suchte die richtigen Worte. Sich zu entschuldigen war hundert Mal schwieriger, als jemanden anzuranzen.

»Tut mir leid, ich bin mit dem falschen Fuß aufgestanden!«

Erleichtert drehte Heike sich zu ihr und strahlte.

»Schon gut! Passiert!«

Bente gab dem alten Hansen recht. Sie war ein Sonnenschein!

Eine Limousine bog auf den Parkplatz vor der Wache ein und Bente erkannte Maik Dreesen hinterm Steuer und Benno Larsen auf dem Beifahrersitz.

»Da wollen wir doch mal sehen, was die feinen Herren zu dieser frühen Stunde zu uns treibt!«, raunte sie Heike zu, als der Anwalt aus dem Auto stieg.

»Herr Dreesen, der frühe Vogel fängt den Wurm, was? Darf ich bitten?«

Bente öffnete die Tür und ließ Heike und Dreesen den Vortritt.

Er ignorierte ihren Sarkasmus und kam ohne Umschweife zur Sache.

»Mein Mandant, Benno Larsen, möchte etwas richtigstellen!«

Bente sah zu Hansen hinüber.

»Haben wir hier einen freien Raum?«

»Es gibt ein Besprechungszimmer!«

»Warum leistet Ihr Mandant, Herr Larsen, uns nicht Gesellschaft?«

»Wenn Sie es wünschen, hole ich ihn herein.«

Bente nickte und wandte sich an Hansen.

»Bist du dabei?«

»Auf jeden Fall! Nimm Heike auch mit!«

Sie sah zu Heike, die an ihrem Tisch Platz genommen hatte und sie unwillkürlich an Ulrike erinnerte. Der gleiche, bettelnde Blick.

Erst gestern Abend in der Pizzeria hatte sie eindeutig klargestellt, mit Mord nichts zu tun haben zu wollen.

»Mensch, Brodersen, sei nicht so stur, vertrau mir!«, murmelte Hansen durch seinen Bart.

Ihr war nicht klar, was er damit bezweckte, beschloss aber, ihm zu vertrauen.

»Heike, du begleitest uns!«

Ihre Augen quollen über vor Überraschung.

»Äh...!«

»Jetzt!«, befahl Bente in barschem Ton, als Dreesen mit Benno Larsen wieder hereinkam.

Ulrike kam unter dem Schreibtisch hervor, um die Neuankömmlinge zu beschnüffeln.

»Ich mag keine Hunde!«, rief Benno Larsen prompt.

»Keine Sorge, sie mag Sie auch nicht!«

Mit einer Handbewegung und einem kurzen Befehl schickte sie Ulrike wieder unter den Tisch auf ihre Decke.

Bentes Gedanken rasten in Lichtgeschwindigkeit durch ihre Gehirnwindungen.

Was konnte er wollen?

Benno Larsen sah sich mit arrogant hochgezogenen Augenbrauen in dem kargen Behelfsbüro um.

Hansen führte den Trupp in einen Besprechungsraum, der lediglich mit Tisch, Stühlen und Clipboard ausgestattet war. Bente setzte sich gegenüber von Benno Larsen und Maik Dreesen. Hansen und Heike nahmen rechts und links neben ihr Platz.

»Was möchten Sie richtigstellen, Herr Larsen?«

Sie rückte ein Diktaphon in die Mitte des Tisches.

Dreesen reagierte prompt.

»Keine Aufzeichnung!«

»Bitte? Wir sind hier bei der Polizei. Vernehmungen werden aufgezeichnet!«

»Das hier ist keine Vernehmung, Frau Kommissarin. Mein Mandant ist freiwillig hier und möchte inoffiziell etwas richtig stellen. Er ist an der Aufklärung des Falles interessiert. Wir können auch wieder gehen!«

Bente hob die Hände und schaltete das Diktaphon demonstrativ aus.

»Nun gut, Herr Larsen, was möchten Sie richtigstellen?«

Warum hatte sie nur das Gefühl, dass er die ganze Angelegenheit als Spiel betrachtete?

»Weiß Ihre Frau, dass Sie hier sind?«

Für den Bruchteil einer Sekunde bekam seine Maske einen Riss. Sie hatte ihn überrascht.

Larsen wandte sich an seinen Anwalt.

»Ich möchte das hier allein machen!«

»Was?«

Dreesen reagierte verärgert.

»Benno, ich als euer Anwalt sollte dabei sein, unbedingt!«

Larsen schüttelte den Kopf.

»Nein, ich möchte mit der Kommissarin allein sprechen!«

Bente beobachtete ihn und Dreesen konzentriert.

Ganz offensichtlich war dieser aalglatte Rechtsanwalt genauso überrascht wie sie.

Sie hatten sich nicht abgesprochen.

»Ich muss protestieren!«, intervenierte Dreesen ein letztes Mal, aber Benno Larsen bestand auf ein Gespräch mit Bente unter vier Augen.

Dreesen, Hansen und Heike verließen das Besprechungszimmer und sie blieben allein zurück.

Es dauerte einen Moment, aber dann legte Larsen schlagartig die offen zur Schau gestellte Arroganz ab.

Mit aufgerissenen Augen beugte er sich über den Tisch zu Bente und flüsterte:

»Ich habe Angst vor meiner Frau!«

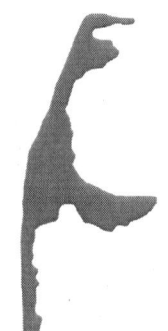

Kapitel 11

Bente Brodersen und Benno Larsen verließen nach einer viertel Stunde das Besprechungszimmer und kehrten zu den anderen zurück. Maik Dreesen sah angespannt aus und hatte seine Gelassenheit eingebüßt.

»Ich fordere Akteneinsicht!«

Bente genoss es, die Informationen nicht mit ihm teilen zu müssen. Er würde Svea Larsen auf die bevorstehende Vernehmung vorbereiten und das galt es, zu verhindern.

»Tut mir leid, Herr Dreesen, aber da dies ein inoffizielles Gespräch zwischen ihrem Mandanten und mir war, gibt es keinen Aktenvermerk dazu.«

Dreesen wirft Benno Larsen einen verärgerten Blick zu.

»Jedenfalls jetzt noch nicht!«

»Was soll das heißen?«

»Ich bitte Sie, Ihre Mandantin Svea Larsen zur Vernehmung herzubringen, andernfalls werden wir sie abholen!«

Dreesen wandte sich fassungslos an Benno Larsen.

»Was hast du getan?«

Larsen zuckte nur mit den Schultern und schickte sich an, zu gehen.

»Sie halten sich bitte zur Verfügung, Herr Larsen und verlassen die Insel vorerst nicht.«

»Dazu haben Sie kein Recht!«, rief Dreesen aufgebracht.

»Ist schon gut, Maik.«

Was auch immer Larsens Beweggründe waren, sie brachten den Fall ins Rollen.

»Wir erwarten Frau Larsen um 13 Uhr, auf Wiedersehen, die Herren!«

Damit drehte sich Bente um und hielt ihnen die Tür auf. Beide Männer gingen ohne Gruß hinaus zum Auto.

»Was wird hier gespielt?«, fragte Hansen.

»Ganz ehrlich, ich weiß es nicht, aber Benno Larsen hat mir erzählt, dass er Angst vor seiner Frau hat.«

»Angst?«, spuckte Hansen verächtlich aus.

»Hat er ein Verhältnis mit dem Au-pair-Mädchen?«

»Er streitet es ab!«

»Weiß er, dass sie nicht Juliette Durand ist?«

»Keine Ahnung, ich habe es ihm nicht gesteckt. Ich will damit noch warten, bis ich weiß, was er im Schilde führt.«

»Ist sie von ihm schwanger?«

»Er behauptet nein!«

»Vielleicht hat seine Frau es mittlerweile erfahren und ihn damit konfrontiert?«

»Ja, so war es. Sie will die Scheidung, sonst...«

»Sonst was?«

»Genau deshalb hat Larsen Angst. Seine Frau hat ihm gedroht, aber nicht konkret gesagt, worin ihre Drohung besteht.«

Der alte Hansen schüttelte den Kopf.

»Da muss doch mehr dahinterstecken!«

Bente stimmte ihm stumm zu.

»Sie hat uns angelogen. Sie war nicht im Fitnessstudio, schon seit Monaten nicht! Ich habe gerade telefoniert, die Mitglieder müssen sich anhand einer Chipkarte einchecken. Die Karte von Svea Larsen wurde zuletzt am 20. Oktober des letzten Jahres eingelesen!«, berichtete Heike stolz.

»Bingo!«, lobte Bente.

»Sie hat ein Motiv, die Gelegenheit und ein falsches Alibi!«

»Eifersucht, Affären und Beziehungsdramen sind seit Anbeginn der Menschheit Mordmotive.«

»Moment, wir haben eine Vermisstenanzeige und eine falsche Identität, aber kein Mordmotiv!«, gab Hansen zu bedenken.

»Aber wir haben ausreichend Indizien, die für eine Gewalttat sprechen. Auf alle Fälle sollten wir schnell handeln, da wir nicht wissen, wo Juliette Durand, oder wer auch immer sie ist, sich aufhält. Vielleicht benötigt sie Hilfe, wer weiß?«

Bente wandte sich an die Kollegen.

»Bis dieser Dreesen mit Svea Larsen hier eintrifft, möchte ich so viele Daten und Fakten wie möglich haben!«

Alle nickten.

»Heike, du fährst zu dem Fitnessstudio. Ich will alles wissen. Seit wann ist sie Mitglied, trainierte sie allein oder mit einem Trainer, traf sie sich dort mit Freundinnen, wie oft war sie dort und an welchen Geräten hat sie gearbeitet. Getränke, Essen, geduscht..., alles kann hilfreich sein!«

Noch während Bente redete, zog Heike sich ihre Jacke an und setzte den Fahrradhelm auf.

»Bin schon unterwegs! Mit dem Rad gehts schneller!«

»Ich will, dass ihr alle Strafzettel der letzten Monate überprüft. Und zwar von beiden Larsens und auch von dem Motorroller, den das Mädchen nutzen darf. Wo haben sie geparkt, sind sie zu schnell gefahren, gibt es Blitzerfotos und das nicht nur von der Insel, sondern auch vom Festland!«

Klemme sah sie mit großen Augen an.

»Jetzt!«

Augenblicklich setzte er sich an den Rechner.

»Können wir die Videoüberwachung am Bahnhof checken?«

Hansen schüttelte nachdenklich den Kopf.

»Das sind insgesamt acht Kameras, plus drei auf dem Vorplatz. Das wäre die berühmte Nadel im Heuhaufen. Wir müssen es irgendwie eingrenzen.«

»Okay, dann nehmen wir nur die vom Bahnsteig ab gestern 11:15 Uhr. Wenn Juliette Durand nicht in einen Zug gestiegen ist, befindet sie sich noch auf der Insel.«

»Was ist mit den Fähren? Von List und Hörnum fahren die täglich.«

»Die checken wir danach!«

»Das schaffen wir nicht, Brodersen. Wir müssten jede Kameraaufnahme der letzten 19 Stunden in Echtzeit ansehen. Dazu bräuchten wir eine Hundertschaft.«

»Mist!«

Bente wusste, dass Hansen recht hatte.

Es war Samstag und die Insel war trotz des Sturms voller Besucher, wie jedes Wochenende. »Wir haben so schon alle Hände voll zu tun! Es gibt Vorteile bei einer kleinen Dienststelle, aber eben auch Nachteile.«, seufzte Hansen.

»Jep, ich muss mich erst daran gewöhnen, mit viel weniger Manpower auszukommen.«

»Wat mutt, dat mutt!«

Bente konnte sich eine Frage nicht verkneifen.

»Hansen, warum bist du auf einmal so kooperativ?«

»Weil die ganze Sache wie alter Fisch stinkt! Und ich will kurz vor meiner Pension auf keinen Fall einen Anruf erhalten, dass ein totes Mädchen irgendwo in den Dünen oder am Strand liegt.«

Bente hoffte ebenfalls, dass es solch einen Anruf nicht geben würde.

»Kannst du in Erfahrung bringen, wie es um Benno Larsens Geschäfte steht? Du kennst doch hier auf der Insel Gott und die Welt!«

»Das ist wohl so! Dann geh ich mal telefonieren.«

Er schlurfte in sein bereits ausgeräumtes Büro und griff zum Telefon.

»Ich fahr noch mal nach Kampen und seh mich dort um!«, rief Bente und verließ die Wache mit Ulrike.

Im Bulli rief sie Harro Hamkens an.

»Harro?«

»Na Bente, schon Sonnenbrand?«, feixte er.

»Wusstest du, dass die Dienstwohnung hier ein Container mit kalter Dusche ist?«

Er lachte lauthals.

»Wieso Dienstwohnung? Du hast doch ein Apartment, oder?«

»Da kann ich erst Montag rein!«

»Na ja, das Budget der Polizei reicht bei den Preisen auf Sylt wohl nur für ein Wohnklo! Erzähl, was gibts?«

Bente setzte ihn kurz und knapp ins Bild.

»Hört sich nach einem Beziehungsdrama an, was jederzeit explodieren kann!«

»Oder es ist schon explodiert! Ich brauche deine Hilfe.«

»Na ja, du arbeitest nicht mehr für mich, aber worum gehts denn?«

»Du hast doch einen Kontakt bei Interpol, oder?«

»Du meinst meinen Seglerfreund bei Europol in Paris?«

»Genau den! Ich schicke dir eine Passkopie und ein paar Daten aufs Handy. Alles, was es zu dieser Juliette Durand gibt, kann wichtig sein!«

»Ich rufe ihn sofort an, aber ob das dann bei Europol so schnell geht – keine Ahnung!«

»Es ist dringend!«

»Wir sind von der Polizei, ist es das nicht immer?«

»Harro, bitte!«

Bente kannte ihren ehemaligen Chef. Er war gradlinig und oft unbequem, aber immer fair.

»Ich mach das nur, weil du die höchste Aufklärungsquote hast, die ich je bei einem Kollegen gesehen habe.«

»Du mich auch!«

Lachend beendete er das Gespräch.

Er war der Einzige, bei dem Bente nicht das Gefühl hatte, sich permanent als Frau in dem Beruf behaupten zu müssen und er mochte ihren kauzigen Humor.

Sie parkte den Bulli an der Gabelung zum Fennenweg, der auf der Rückseite des Larsenhauses durch die Heidelandschaft führte.

Ulrike sprang sofort hinaus und raste schnüffelnd von links nach rechts.

Bente brauchte Frischluft, um den Kopf durchpusten zu lassen und Ulrike wollte Auslauf.

Vor ihr erstreckte sich das schlickige Wattenmeer. Es war Ebbe und kein Wasser in Sicht. Der Himmel war aufgeklart und sie konnte einzelne Höfe auf dem gegenüberliegenden Festland erkennen.

Sie genoss den Wind und die Weite und fragte sich, weshalb Menschen wie die Larsens bei einem solchen Ausblick so unglücklich sein konnten.

Von der Entfernung aus erkannte sie die den wahren Wert des Anwesens. Es musste ein Vermögen wert sein.

Sie dachte an ihr Gespräch mit Benno Larsen.

Letzten Endes hatte er seine Frau angeschwärzt. Eine gesunde Beziehung sah anders aus! Sie würde Svea Larsen damit konfrontieren, dass ihr eigener Mann sie verdächtigte, etwas mit dem Verschwinden des Au-pair-Mädchens zu tun zu haben. Ihre Reaktion konnte Bente nicht vorhersehen. Bei der gestrigen Befragung war ihr die Frau sympathisch gewesen. Die Lüge mit dem Fitnessstudio sprach allerdings gegen sie. Irgendwas verheimlichte sie!

Die falsche Identität des Mädchens war ein Trumpf, den sie noch nicht ausspielen wollte.

Bente hatte sich gefragt, ob Svea und bzw. oder Benno Larsen davon Kenntnis hatten. Aber beide liebten ihre Tochter abgöttisch und die Sorge um das Wohl des Kindes vertrug sich nicht mit dem Wissen, dass Juliette Durant nicht der richtige Name des Mädchens war. Sich eine falsche Identität zuzulegen, war nicht nur eine Straftat, sondern wies auf ein dunkles Kapitel im Leben des Mädchens hin. Vielleicht war sie straffällig geworden und hatte für diesen Job ein blütenreines Führungszeugnis benötigt?

Alles Spekulationen! Konzentrier dich auf die Tatsachen!

Der Sandweg führte an der Rückseite des Larsenhauses vorbei. Der Strandkorb auf der Terrasse war vom Sturm umgeweht worden und lag quer über dem angrenzenden Blumenbeet. Niemand war zu sehen und Bente rief Ulrike zurück, die den Trampelpfad zum Garten entlanglief.

Als Bente weiterging, konnte sie mehrere Personen auf den Terrassen und Balkonen des Nachbarhauses beobachten, die offenbar heute angereist waren.

Sie dachte an die vergangene Nacht im Wohncontainer und beneidete die Feriengäste um ihr Domizil mit diesem fantastischen Ausblick.

Das Klingelschild mit dem Namen Sellering war unten rechts angebracht gewesen, also gehörte die Terrasse mit den zahlreichen Blumenkübeln zu Lisa Sellerings Wohnung.

Von dort war der Garten der Larsens einsehbar.

Bente ging über das Heidekraut bis zur Grundstücks-grenze und entdeckte auch hier einen Trampelpfad, der von Lisa Sellerings Terrasse direkt zu der von Svea Larsen führte. Wahrscheinlich nutzten die Freundinnen diese Abkürzung für ihre gegenseitigen Besuche.

Einige wenige Spaziergänger kamen ihr entgegen. Die meisten Touristen bevorzugten den Sandstrand an der West-seite der Insel mit den zahlreichen Dünenrestaurants.

Die Sonne brach immer öfter durch die Wolkendecke und ließ das Wattenmeer silbern glänzen.

Bente schloss die Augen und sog die salzige Luft tief in ihre Lunge.

Als sie sich umdrehte, um zurück zum Bulli zu gehen, sah sie einen Mann von dem Ferienwohnungskomplex zum An-wesen der Larsens rennen. Er verschwand in einem Neben-eingang, der in die Garage führen musste.

Bente ärgerte sich, dass sie nicht auf ihre Umgebung ge-achtet hatte. Sie konnte nicht mit Bestimmtheit sagen, von welcher Terrasse er gekommen war. Aber von der Statur her konnte es Benno Larsen gewesen sein, der von Lisa Sellering gekommen war.

Sie blieb noch einen Moment stehen und wartete, aber es blieb ruhig.

Was habt ihr beide miteinander zu schaffen?

Kapitel 12

Wo waren Sie wirklich gestern Vormittag?«
Bente sah Svea Lasen eindringlich an.

Sie suchte den Blick zu ihrem Anwalt, Maik Dreesen, der ihr zunickte.

»Ich war in Westerland in einer privaten Wohnung.«

»In welcher Wohnung?«

»Sie gehört nicht mir, sondern ist angemietet.«

»Frau Larsen, Sie haben uns ein falsches Alibi genannt! Ich erwarte eine umfangreiche Erklärung für diese Lüge! Ihnen sollte bewusst sein, dass Sie sich verdächtig gemacht haben!«, polterte Bente genervt los.

»Frau Kommissarin, ich muss protestieren. Es gibt bisher kein Verbrechen, dessen sie meine Mandantin beschuldigen können!«

Maik Dreesen sprach im Anwaltsjargon und wirkte gelassen.

»Die Sachlage ist ernst und Frau Larsen sollte in ihrem eigenen Interesse alles dafür tun, unsere Vorbehalte zu zerstreuen. Stimmen sie darin mit mir überein, Herr Dreesen?«

»Bisher haben Sie mir die Akteneinsicht verweigert. Ich lege hiermit Beschwerde ein!«

»Das nehme ich zur Kenntnis, aber während der laufenden Ermittlung sind wir nicht verpflichtet, Ihnen Einsicht zu gewähren!«

»Moment, heißt das, Sie glauben, ich könnte Juliette etwas angetan haben?«, rief Svea Larsen empört.

Bente registrierte, dass sie nervös auf ihrem Stuhl hin und her rutschte.

Heike Röder saß mit am Tisch und hörte aufmerksam zu. Es hatte keiner weiteren Aufforderung von Hansen bedurft, Bente hatte auf der Rückfahrt zur Wache beschlossen, die junge Kollegin in diesem Fall an ihre Seite zu nehmen.

Sie war im gleichen Alter wie die Vermisste und das konnte hilfreich sein.

Bente lächelte Svea Larsen aufmunternd an. »Ich habe seit einem halben Jahr eine Affäre. Er kommt aus Kiel. Wir sehen uns jeden Freitag Vormittag.«

Bente schob ihr einen Block und Kugelschreiber über den Tisch.

»Name und Telefonnummer, bitte!«

Sie schrieb und schob den Block zu Bente zurück.

»DER Torben Niemann? Der Landtagsabgeordnete?«

»Ja! Aber gestern war er nicht da!«

Sie schien besorgt.

»Ich versuche die ganze Zeit, ihn zu erreichen. Er meldet sich nicht. Es ist wie bei Juliette, er ist einfach verschwunden.«

»In welcher Wohnung treffen Sie sich? Hat Sie jemand gesehen?«

Svea Larsen schüttelte den Kopf.

»Nein, wir halten unser Verhältnis geheim. Wir achten darauf, uns nicht in der Öffentlichkeit zu zeigen. Außerdem bin ich verheiratet und hier auf der Insel kennt jeder meinen Mann.«

Hansen grummelte eine Bestätigung.

»Ich trage eine Perücke, Sonnenbrille und ein Käppi, wenn ich zu der Wohnung gehe. Torben hat sie gemietet und ich habe den Zweitschlüssel.«

Bente rückte ihren Stuhl vom Tisch ab und hob abwehrend die Hände.

»Stopp! Sie erzählen mir, Sie verkleiden sich, um nicht erkannt zu werden und deswegen kann niemand bezeugen, dass Sie dort waren?«

Svea Larsen nickte unsicher.

»Das ist eine plausible Erklärung meiner Mandantin und muss reichen!«, schaltete sich Dreesen ein.

Bente ignorierte ihn und wandte den Blick nicht von Svea Larsen ab.

»Wo bewahren Sie diese Perücke auf?«

»Im Kofferraum unter dem Ersatzreifen!«

»Sie haben nichts dagegen, dass meine Kollegin das kurz überprüft?«

Sie nickte Heike zu, die beflissen aufsprang.

Svea Larsen reichte die Autoschlüssel über den Tisch, als Dreesen einwarf:

»Ich möchte einen Vermerk, dass meine Mandantin dies ausdrücklich erlaubt, um ihre Kooperation zu zeigen.«

Hansen schüttelte genervt den Kopf.

»Weshalb auch sonst?«

»Lass nur, Maik, ist schon gut!«, beschwichtigte Svea Larsen ihren Rechtsbeistand.

»Seit wann treffen Sie sich jeden Freitag mit Torben Niemann?«, übernahm Bente wieder das Gespräch.

»Seit fünfeinhalb Monaten.«

»Und er kommt immer mit dem Autozug?«

»Ja, er kommt vormittags und verlässt die Insel mit dem letzten Autozug.«

Bente beobachtete sie konzentriert. Bisher verstrickte sie sich in keine Widersprüche.

»Wo haben Sie sich kennengelernt?«

Svea Larsen zögerte einen Moment und sah fragend zu Dreesen.

»In Hamburg!«

Bente hatte eine Eingebung.

»In der Kanzlei Ihres Anwalts?«

Dreesen grinste sie selbstgefällig an.

»Ja, ich habe anlässlich meines vierzigsten Geburtstags einen Sektempfang in der Kanzlei gegeben. Es waren 100 Leute geladen, vorwiegend Mandanten.«

»Und Ihr Mann war nicht dabei?«, wandte sie sich an Svea Larsen.

»Nein, er hatte einen Notartermin mit dem Käufer eines Hauses hier in Westerland.«

»Sie sind der Einladung also allein gefolgt?«

»Sie können mich ruhig verurteilen, aber meine Ehe ist schon lange gescheitert und ich habe mich nach Liebe und Aufmerksamkeit gesehnt, die ich bei Torben gefunden habe!«

Bente ging nicht darauf ein, sie verurteilte Svea Larsen nicht.

»Weiß Ihr Mann von Ihrem Verhältnis?«

»Ich habe es ihm gestern Abend gesagt.«

Das hatte Benno Larsen ihr heute Morgen verschwiegen!
Warum?

»Und wussten Sie von dem Verhältnis Ihres Mannes zu Juliette?«

Überrascht riss Svea Larsen die Augen auf.

»Benno und Juliette?«

»Du musst darauf nicht antworten, Svea!«, mahnte Dreesen.

»Das kann nicht sein! Juliette würde mich niemals hintergehen! Sie sehen sich auch kaum, höchstens am Wochenende. Außerdem ist sie lesbisch!«

Das Ehepaar ist sich zumindest einig, was die Homosexualität angeht.

»Ihr Mann hat heute Morgen ausgesagt, er habe Angst vor Ihnen, weil Sie von der Affäre gewusst und ihm gedroht haben!«

»Benno? Angst? Vor mir? Ich bin es, die Angst vor ihm haben müsste, seit gestern Abend noch viel mehr!«

»Sie sagen also, Sie haben von der Affäre nichts gewusst?«

»Ja! Moment, heißt das etwa, sie ist von ihm schwanger?«

»Halten Sie es für möglich, dass Juliette ihren Mann erpresst?«

Svea Larsen sah auf irgendeinen imaginären Punkt an der Blechwand. Es war deutlich, dass sie ihre Antwort sorgsam abwägte.

»Oder vielleicht Sie?«, unterbrach Bente das Schweigen.

»Was?«

»Nicht antworten, Svea!«, schaltete sich Dreesen wieder ein.

»Hat Juliette Sie gestern Morgen damit konfrontiert und kam es daraufhin zum Streit?«

Bente hoffte, endlich etwas Bewegung in die Sache zu bringen.

»Juliette würde mir so etwas niemals antun, nein!«

Warum passte in diesem seltsamen Vermisstenfall nichts zusammen?

Bentes Gedanken wurden von Heike unterbrochen, die kopfschüttelnd in das Besprechungszimmer zurückkehrte.

»Nichts. Im ganzen Auto ist keine Perücke oder Sonnenbrille oder Käppi zu finden!«

»Das kann nicht sein!«, rief Svea Larsen ungläubig.

»Es ist in einem kleinen Rucksack unter der Reserveradabdeckung!«

»Nein, dort ist kein Rucksack.«

Ohne näher darauf einzugehen, überreichte Bente Heike den Zettel mit Namen und Handynummer.

»Versuch bitte, ihn zu erreichen!«

Heike verließ den Raum wieder.

Jetzt war der richtige Zeitpunkt gekommen, um die Bombe platzen zu lassen.

»Was glauben Sie, weshalb Juliette verschwunden ist?«

»Ich weiß es nicht, vielleicht hat Benno sie ...«

»Ihr Mann könnte was gemacht haben, Frau Larsen?«

»Sie machen mich ganz verrückt! Ich meine, wenn sie von ihm schwanger ist, dann hat er sie vielleicht mit Geld abgefunden und in den Zug gesetzt!«

»Oder sie liegt irgendwo in den Dünen vergraben?«

Mit einem spitzen Aufschrei schlug Svea Larsen die Hände vors Gesicht.

»Äußern Sie bitte nicht solch haltlose Vermutungen! Das alles nimmt meine Mandantin emotional sehr mit, das sehen Sie doch!«

Genau das ist meine Absicht!

»Weshalb haben Sie die Polizei gerufen, Frau Larsen?«

»Bitte?«

»Weil Sie jetzt, da Sie wissen, dass Juliette wahrscheinlich von Ihrem Mann schwanger ist, vermuten, dass er sie in den Zug setzte und mit Geld abgefunden hat!«

»Das wusste ich doch gestern Morgen nicht!«

Sie wurde zunehmend nervöser, was Bente mit Wohlwollen zur Kenntnis nahm.

»Sie haben Angst, dass ihr etwas zugestoßen ist, richtig? Deshalb haben Sie die Polizei gerufen. Sie hatten eine Ahnung, oder?«

»Sie hat sich Sorgen wegen der blutverschmierten Strickjacke gemacht und deshalb angerufen!«

Maik Dreesen beantwortete die Frage für seine Mandantin und legte ihr beruhigend eine Hand auf die Schulter.

Dankbar lächelte sie ihn an. Sie war kurz davor, in Tränen auszubrechen. Dies war der richtige Zeitpunkt für Bentes Joker.

»Juliette Durand ist tot!«

Sie ließ die Worte wirken.

Svea Larsen brach prompt in Tränen aus und ihr Gesicht wurde aschfahl.

»Was?«

»Du sagst ab jetzt kein Wort mehr, Svea!«

Erwartungsgemäß sprang Dreesen auf und zog seinen Mantel an.

»Wir gehen! Jetzt!«, wandte er sich an seine Mandantin.

»Frau Kommissarin, wir machen von unserem Aussageverweigerungsrecht Gebrauch. Auf Wiedersehen!«

Svea Larsen erhob sich langsam. Sie zitterte.

»Wie ist sie gestorben?«, schluchzte sie.

Bentes Menschenkenntnis und 20-jährige Erfahrung als Polizistin sagten ihr, dass die Überraschung echt war. Jetzt kam es darauf an, wie sie auf Juliettes falsche Identität reagierte.

»Sie ist bereits vor 5 Jahren gestorben.«

Langsam senkte Svea Larsen die Hände und starrte Bente verwirrt an.

»Vor 5 Jahren? Was soll das heißen? Gestern war sie....«

Bente unterbrach sie.

»Ihr Au-pair-Mädchen hat sich als die verstorbene Juliette Durand ausgegeben.«

»Das verstehe ich nicht! Sie hat doch einen Pass und die Agentur...?«

»Die echte Juliette Durand liegt auf einem französischen Friedhof begraben. Der Reisepass ist seit 5 Jahren ungültig! Wir wissen noch nicht, wie Ihr Au-pair-Mädchen in den Besitz dieses Dokumentes gekommen ist.«

Svea Larsen begann zu begreifen, dass sie ihre Tochter einer Betrügerin anvertraut hatte. Dass sie ihr Haus mit einer Person geteilt hatte, von der sie nichts wusste.

»Warum?«

Auf diese Frage suchte auch Bente eine Antwort.

»Frau Larsen, wie sind Sie auf Juliette Durand gekommen? Wessen Idee war es, ein Au-pair-Mädchen einzustellen?«

Sie starrte Bente immer noch fassungslos an.

»Ich weiß nicht, wir haben von der Agentur ein Schreiben erhalten und... Es war Benno. Er hatte mit dieser Agentur Kontakt aufgenommen!«

Sie sah zu ihrem Anwalt.

»Was hat das alles zu bedeuten, Maik?«

»Das weiß ich nicht, aber wir sollten auf jeden Fall gehen! Jetzt!«

»Wer hat Juliette letztlich ausgesucht?«, fragt Bente, während Svea Larsen sich ihre Jacke anzog.

»Benno hatte die Vorauswahl getroffen und vorgeschlagen, Juliette kennenzulernen. Wenn es nicht gepasst hätte, wäre sie wieder zurückgefahren!«

Plötzlich ging ein Ruck durch ihren Körper und sie lief hektisch zur Tür.

»Jördis! Ich muss sofort zu meiner Tochter!«

Sie stürmte hinaus auf den Parkplatz.

Maik Dreesen folgte ihr auf dem Fuße, wurde aber von Bente noch einmal zurückgehalten.

»Sie müssen sich entscheiden, wen Sie ab jetzt vertreten.«

»Ich bin schon der Anwalt von Sveas Familie gewesen, bevor sie geheiratet hat. Sie ist meine Mandantin!«

Er schloss die Tür und Bente ließ sich stöhnend auf ihren Stuhl fallen.

»Hat uns das jetzt irgendwie weitergebracht?«, fragte sie Hansen, der sich die ganze Zeit im Hintergrund gehalten hatte.

»Die Larsen wirkt echt, da brodelt es in der Ehe, aber sie ist voll auf ihre Tochter und diesen Politiker fixiert. Kann mir nicht vorstellen, dass sie was mit dem vermissten Mädchen zu tun hat. Was denkst du?«

»Ich glaub auch, aber vielleicht ist sie ne gute Schauspielerin? Auf jeden Fall ist der Anwalt n Kotzbrocken, aber das bringt der Berufsstand wohl mit sich!«

Hansen lachte verhalten, als Heike die Tür aufriss.

»Torben Niemann geht nicht ans Telefon, also habe ich sein Sekretariat angerufen und gesagt, es gehe um Svea

Larsen, er möchte mich bitte zurückrufen. Er sei in einer Sitzung, sagte die Sekretärin, aber ich hatte kaum aufgelegt, da rief sie schon zurück und sagte, dass Herr Niemann sich anwaltlich vertreten lasse. Der hat doch die ganze Zeit neben dem Telefon gestanden! Von wegen Sitzung!«, berichtete sie aufgeregt.

Zumindest ist er nicht auch noch vermisst!

»Aber nun ratet mal, wer sein Anwalt ist!«

Heike strahlte voller Vorfreude. Sie hatte diesen Teil der Vernehmung in Svea Larsens Auto nach dem Rucksack gesucht und tat Bente leid. Bevor sie Hansen zurückhalten konnte, grummelte er in seinen Bart:

»Maik Dreesen.«

Heike stampfte enttäuscht mit dem Fuß auf.

»Spielverderber!«

Kapitel 13

In den Containern der Wache Sylt herrschte Hochbetrieb. Bente rief die Kollegen zu einer Lagebesprechung zusammen.

Klemme hatte die Verkehrsdateien durchforstet.

»Der Motorroller ist vollkommen unauffällig, aber der SUV von Frau Larsen erhält regelmäßig eine Anzeige des Parkplatzbetreibers der Tiefgarage in der Andreas-Dirks-Straße.«

»Lassen Sie mich raten, immer freitags?«

Klemme nickte erstaunt.

»Ja!«

»Das bedeutet, sie sagt zumindest, was ihre Affäre angeht, die Wahrheit.«

»Der BMW von Benno Larsen ist vor 4 Monaten in Hamburg am Rothenbaum geblitzt worden, ansonsten unauffällig.«

Bente griff sich einen schwarzen Marker und stellte sich an das Clipboard.

Sie schrieb die Namen der Beteiligten auf und umrandete sie mit einem Kreis. Dann zog sie einige Verbindungslinien zwischen den Kreisen.

»Weshalb weigert sich Torben Niemann, mit uns zu sprechen und in welcher Verbindung steht dieser Anwalt Dreesen zu ihm? Das kann doch kein Zufall sein, oder?«

Bente stellte die Frage in den Raum.

»Heike, versuchst du bitte, herauszufinden, wem die Wohnung in der Andreas-Dirks-Straße gehört?«

Die junge Polizistin nickte und machte sich sofort an die Arbeit.

»Wenn Juliette von Benno Larsen schwanger ist, dann müssen sie sich außerhalb des Hauses getroffen haben.«, sagte Heike.

»Ich seh mal nach, ob ich da auch irgendwas finde!«

»Danke! Gute Idee!«

Bente bemerkte einen zarten Rotton auf Heikes Wangen und zwinkerte Hansen zu. Er schmunzelte vor sich hin.

Bente wandte sich an den fünften im Bunde.

»Entschuldigung, ich habe deinen Namen vergessen!«

»Nils, ich heiße Nils Tiemann!«, antwortete er. »Aber alle sagen Timme.«

»Klemme und Timme?«

Beide nickten grinsend.

»Das klingt nach Lolek und Bolek, Hanni und Nanni oder Pat und Patterchon.«

Sie sahen sich an und zuckten mit den Schultern.

»Gesucht und gefunden.«, seufzte Hansen theatralisch.

»Okay, ich möchte, dass ihr die Nachbarschaft und die Mütter der KITA, die die kleine Jördis besucht, befragt. Welchen Eindruck haben die von Juliette? Vielleicht ist jemandem etwas aufgefallen.«

»An was denken Sie da genau?«, fragte Timme unsicher.

Hansen rollte mit den Augen. Nils Tiemann stellte die falschen Fragen.

»Wenn ich das wüsste, Timme, müsstet ihr nicht fragen!«

Er nickte und beeilte sich, beschäftigt zu wirken, um aus Bentes Schusslinie zu kommen.

Mittlerweile war allen klar, dass die neue Kommissarin nicht gerade zimperlich im Umgang mit ihren Kollegen war.

»Larsen hat, so, wie es sich zur Zeit darstellt, das Au-pair-Mädchen ausgesucht.«, sagte Hansen.

»Das ist jedenfalls die Aussage von Frau Larsen!«, erwiderte Bente.

»Sieht für mich aus, als hätte Larsen seine junge Geliebte ins Haus geholt!«

Bente dachte darüber nach. Irgendetwas störte sie an dem Gedanken.

»Das ist irgendwie krank, oder?«

»Mehr als das!«

Hansen stützte seine Ellenbogen auf den Tisch.

»Ich bin kein Profi, was Affären angeht, genau genommen hab ich noch nie eine gehabt und meine Frau würde mich um die Ecke bringen und im Garten verscharren.«

Er lässt ein kurzes Grinsen erkennen.

»Worauf willst du hinaus?«

»Denk mal drüber nach, Brodersen!«

»Was meinst du?«

»Stell dir vor, du bist die Geliebte von Benno Larsen...«

»Nein, das stelle ich mir ganz bestimmt nicht vor!«

»Ich denke, dass hier etwas ganz anderes gespielt wird, etwas wirklich Krankes!«

Bente runzelte die Stirn und sah ihn fragend an.

Hansen schwieg und hing seinen Gedanken nach.

»Und, kommt da noch was?«, rief sie schließlich gereizt.

»Eine junge Frau hat ein Verhältnis mit einem verheirateten Familienvater, richtig?«

Bente beobachtete Ulrike, die unterm Tisch hervorgekommen war und sich jetzt bei Hansen anbiederte.

Er streichelte sie fast automatisch, während er fortfuhr:

»Die willigt ein, zu seiner Frau und Tochter als Dienstmädchen zu ziehen?«

Bente sah überrascht auf. So hatte sie das noch nicht betrachtet.

»Das würde bedeuten, dass das Verhältnis zu Juliette Durand schon vorher existierte! Das bedeutet, er könnte von der falschen Identität gewusst haben, um bewusst etwas zu verschleiern. Nur was?«

»Ja, aber was hat das Mädchen davon?«

Bente war ganz Ohr.

»Sie zieht zu seiner Familie, als Dienstmädchen seiner Frau und macht 24 Stunden am Tag gute Miene zum bösen Spiel? Das glaubst du doch selber nicht!«

Hansen hatte recht.

»Dafür muss es einen Grund geben. Niemand setzt sich so einem emotionalen Beziehungsstress freiwillig aus.«

»Vielleicht will sie ihrem Geliebten so nah wie möglich sein?«

Bente schüttelte den Kopf und verwarf den Gedanken.

»Sich jeden Tag den Ehealltag seines Geliebten mit dessen Frau und Tochter anzusehen, grenzt an Masochismus!«

Hansen rieb sich grübelnd das Kinn.

»Und sie ist schwanger!«

»Wenn Svea Larsen gewusst hat, dass Juliette von ihrem Mann ein Kind erwartet, ist das zumindest ein Motiv.«

»Du meinst, sie räumt Juliette aus dem Weg, weil sie von dem Mann ein Kind erwartet, den sie selbst mit diesem Torben Niemann betrügt?«

»Vielleicht ist es auch umgekehrt und Benno Larsen ist ausgeflippt, als er hörte, dass Juliette von ihm ein Kind bekommt?«

»Ich sag doch, das ist krank!«

Hansen schüttelte bedächtig seinen Kopf.

Bente geht ans Clipboard.

»Wenn wir deinen Gedanken weiterspinnen, dann müssen Benno Larsen und Juliette einen triftigen Grund für ihre Scharade haben.«

»Davon gehe ich aus, sowas macht man nicht, weil einem langweilig ist.«

»Die beiden verfolgen vielleicht einen gemeinsamen Plan.«

»Und welchen?«

»Wir haben einen Namen auf der Liste vergessen!«

»Und der wäre?«

Der alte Polizist kratzte sich am Bart.

Mit dem Marker zog Bente einen Kreis und schrieb etwas hinein. Hansen konnte es erst lesen, als sie beiseitetrat.

Jördis Larsen.

»Hol mich doch der ....!«

Er verschluckte das letzte Wort.

»Die Tochter?«

»Als Au-pair ist Juliette dem Kind sehr vertraut und es gewöhnt sich an die Geliebte ihres Vaters.«

»Okay, Brodersen, aber weshalb soll sich die Kleine an die Geliebte gewöh...«

Hansen stockte und riss seine Augen auf.

»Falls die Mutter plötzlich nicht mehr da sein sollte!«

Beide sprachen den Satz gleichzeitig aus und schwiegen dann schockiert. Stumm starrten sie auf das Clipboard, als Heike hereinkam.

Keiner der beiden nahm Notiz von ihr.

»Was ist denn hier los, meditiert ihr?«

Bente fing sich und schüttelte den Kopf. Es gab zu viele Wenn und Aber in diesem Gedankenspiel. Außerdem hatten sie noch nicht einmal eine Leiche. Sie informierte Heike über ihre Theorie und forderte sie auf, sich in die Lage des Au-pair-Mädchens zu versetzen.

Heikes Kommentar kam prompt und emotionslos.

»Niemals! Aber es gibt welche, die für Geld alles machen. Oder aus Rache!«

»Woran denkst du da? Was könnte sie für eine Motivation haben, sich so zu quälen?«

»Ich hab neulich diesen Film über Marianne Bachmeier gesehen. Die hat den Mörder ihrer Tochter im Gerichtssaal erschossen! Und irgendwie konnte ich sie verstehen.«

Bente staunte. Dieses Mädchen war unglaublich!

»Ich bin eigentlich gekommen, um dir zu sagen, dass vorne jemand für dich ist!«

In diesem Moment klingelte Bentes Handy. Heike und Hansen zuckten zusammen, aber sie schüttelte den Kopf und nahm das Gespräch an.

Nein, es handelt sich nicht um den Leichenfund des Mädchens!

»Flackner, endlich!«

Sie hörte zu.

»Ist mir vollkommen klar, dass sich Fingerabdrücke der Larsens an den Messern und dem Block befinden, schließlich benutzen sie sie tagtäglich. Ist Blut dran?«

»Ach so, auch gut! Und die Strickjacke?«

Heike und Hansen lauschen gespannt.

»Wie lange dauert das denn!«

Bentes Stimme war schneidend.

»Das interessiert mich alles nicht, Flackner! Ruf einfach an, wenn du Ergebnisse für mich hast!«

Damit legte sie auf.

Wieso geht bei diesem Fall so viel schief?

Bente setzte Hansen und Heike ins Bild.

»An keinem der Messer ist Blut. Das Labor ist am Wochenende nicht besetzt und für eine Sonderschicht braucht Flackner ne Begründung in Form einer Leiche oder so!«

Hansen räusperte sich.

»Also noch kein DNA-Abgleich zwischen Haaren des Mädchens und dem Blut auf der Strickjacke?«

Bente schüttelte den Kopf und wandte sich an Heike.

»Sorry, wer wartet vorne?«

»Eine Frau Sellering will dich sprechen. Sie fühlt sich von Benno Larsen bedroht!«

»Na super! Jeder fühlt sich von jedem bedroht! Wenn wir nicht aufpassen, bringen die sich alle gegenseitig um!«

Kapitel 14

Sie sagen, er ist zu Ihnen auf die Terrasse gekommen und hat Sie beschimpft?«

Lisa Sellering nickte seufzend.

Also war es Benno Larsen gewesen, der in die Garage gelaufen war!

»Er hat mich gefragt, was ich Ihnen erzählt habe und dass ich meine Nase aus seinen Familienangelegenheiten heraushalten soll!«

Bente betrachtete Lisa Sellering, die weder verängstigt noch aufgelöst schien.

»Was genau hat er zu Ihnen gesagt?«

»Es gehe mich nichts an, dass sein Au-pair-Mädchen verschwunden sei!«

Sie schnaufte empört.

»Aber Svea hat doch die Polizei gerufen und da ist es doch völlig normal, dass ich Ihre Fragen beantworte, oder?«

Bente kannte dieses Verhalten von vermeintlichen Zeugen. Sie suchten Bestätigung und tarnten sich als hilfsbereite Bürger, aber letztendlich wollten sie Informationen!

»Ich habe ihn gefragt, ob er etwas mit ihrem Verschwinden zu tun hat! War das richtig?«

Bente wusste, worauf das hinauslief. Hier machte sich eine Nachbarin wichtiger, als sie war.

»Und wissen Sie, was er geantwortet hat?«

»Nein.«

»Wenn er Juliette etwas angetan hätte, hindere ihn nichts daran, mich auch verschwinden zu lassen.«

Bente maß der Aussage von Benno Larsen nicht allzu viel Bedeutung bei. Um penetrante Nachbarn loszuwerden, sagte man viel dummes Zeug.

»Das ist keine wirkliche Drohung, Frau Sellering.«

»Ich weiß, aber mir ist auch noch eingefallen, dass ich gestern Vormittag seinen Mercedes auf dem Dünenweg gesehen habe.«

Mit einem Mal wurde Bente hellhörig.

»Das fällt Ihnen jetzt ein?«

»Ich hatte es nicht für wichtig gehalten.«

»Wann war das genau?«

»Um kurz nach elf!«

»Wieviele Personen waren in dem Auto?«

»Das konnte ich nicht erkennen, aber der Kofferraum hat offengestanden, das war deutlich zu sehen. Ich habe dann weiter gestaubsaugt, weil immer mal wieder Autos durch die Heide fahren und die Polizei sich darum nicht kümmert! Ich habe es aufgegeben, jedes Mal die 110 zu wählen!«

Argwöhnisch betrachtete Bente diese offenbar einsame Frau. Machte sie sich nur wichtig oder hatte sie tatsächlich vergessen, das Auto zu erwähnen?

»Jetzt, da Sie wissen, dass auch kleinste Beobachtungen wichtig sind, fällt Ihnen da vielleicht noch etwas ein?«

Bente hatte so eine Ahnung, dass Lisa Sellering hofiert werden wollte. Für einen kurzen Moment sah Bente ein zufriedenes Lächeln über ihre Lippen huschen, bevor sie die Stirn konzentriert in Falten legte.

»Ja, tatsächlich! Ich weiß natürlich nicht, ob es wichtig ist, aber in Westerland gibt es diese grüne Stadtvilla in der Steinmannstraße. Da parken die Autos immer kreuz und quer, so dass ich mich jedesmal ärgere, weil der Verkehr sich dort staut. Da müssten Sie mal Tickets verteilen!«

»Und was haben Sie da gesehen, Frau Sellering?«

»Auf einem der Balkone ist mir einmal Juliette aufgefallen, wie sie sich dort im Bikini gesonnt hat. Erst habe ich mir nichts dabei gedacht, aber jetzt frage ich mich, warum sie sich in einer solch teuren Ferienwohnung aufgehalten hat!«

»War sie allein?«

»Das kann ich nicht sagen, aber vielleicht gehört die Wohnung ja Benno Larsen? Und es ist ihr Liebesnest, verstehen Sie?«

Bente verstand, wies Lisa Sellerings Vermutung jedoch zurück.

»Solche Vermutung anzustellen, ist nicht Ihre Aufgabe! Wir werden dem nachgehen und ich muss Sie bitten, vorerst den Kontakt zu den Larsens einzustellen. Danke, dass Sie sich herbemüht haben.«

»Ich freue mich, wenn ich Ihnen helfen konnte!«

Kapitel 15

In dem großen Wachraum des Containerblocks waren Klemme, Timme und Heike eifrig dabei, Informationen zusammenzutragen.

Die Tür zu Hansens Büro ging auf und er stellte sich breitbeinig in den Türrahmen.

»Habt ihr nicht Feierabend?«, brummte er grimmig.

Alle drei winkten ab.

»Vor zwei Stunden.«

»Ihr geht nachhause, morgen ist auch noch n Tag!«

»Aber sie wollte Ergebnisse und ...«

Hansen unterbrach Heike.

»Lasst es auf dem Tisch liegen. Ich kümmere mich darum.«

Während Klemme und Timme schleunigst zusahen, die Dienststelle zu verlassen, blieb Heike an ihrem Schreibtisch sitzen.

»Die Touris sind heute wie bekloppt. Wir kommen kaum hinterher und es ist nur Kinderkram, aber zeitaufwändig! Ich kann gut ein paar Überstunden aufbauen!«

»Der Sommer steht erst vor der Tür, Röder. Da wirst du mehr als genug Überstunden leisten müssen. Bist du dir sicher?«

Sie nickte.

Als Bente das Büro betrat, sah sie sich fragend um.

»Wo sind die....?«

Weiter kam sie nicht.

»Ich hab sie nachhause geschickt!«

»Ich hatte...!«

Wieder unterbrach Hansen sie.

»Hör zu, Brodersen. Ich weiß, du tust dein Bestes, aber die Kollegen hier müssen nebenbei den Alltagskram wuppen, der auf der Insel so anfällt. Auch wenn es nicht um Mord und Totschlag geht, ist es dennoch wichtig!«

Bente lag eine pampige Antwort auf der Zunge, die sie herunterschluckte.

»In Heike hast du ne Mitstreiterin gefunden, die bereit ist, Überstunden zu machen, aber die anderen haben Familie!«

»Die hatte ich auch!«, entgegnete Bente gereizt.

»Ich will mich nicht mit dir streiten, Brodersen, aber bis jetzt ist es ein Vermisstenfall und der rechtfertigt einfach keine Überstunden.«

Der alte Hansen ließ ihr keine Zeit, zu antworten.

»Die Insel ist voller Touristen. Wir haben Stranddiebstähle, einige Autoaufbrüche und dutzende Leute kommen hier rein, weil sie irgendwas verloren haben. Ich habe Verkehrsunfälle, verletzte Seehunde am Strand und haufenweise Großstädter, die durch die Dünen latschen, als wäre das Wort Küstenschutz noch gar nicht erfunden.«

»Das gehört auch zu unseren Aufgaben?«

»Brodersen, du leitest ab Montag die WACHE SYLT. Wir kümmern wir uns um jeden Hühnerfurz! Wir haben die Vermisstenanzeige aufgenommen und die Kollegen halten die Augen offen. Das muss reichen!«

»Und die Strickjacke mit dem Blut?«, antwortete Bente angriffslustig.

»Deswegen hast du Heike zur Unterstützung.«

Sie sah kurz zu Heike, die tapfer lächelte und wandte sich wieder Hansen zu. Es brodelte in ihr.

»Du weißt, dass ich mich ans LKA wenden kann?«

»Okay, Brodersen. Ich vermute mal, dass du dich auf diese Stelle beworben hast, weil du auf bist, kurz vorm Burn-out, richtig? Tritt mal kürzer und schalte einen Gang runter.«

Bente schwieg. Er hatte ins Schwarze getroffen. Natürlich, schließlich war er doppelt so lange wie sie bei dem Verein und konnte zwei und zwei zusammenzählen.

»Wir stehen auf derselben Seite, Brodersen!«

»Tun wir das?«

»Ja, verdammt nochmal!«

»Aber wir haben jede Menge Indizien!«

Bente wollte nicht abwarten, bis das Wochenende vorbei war. Sie hatte ein ungutes Gefühl.

»Alles nicht Fisch und nicht Fleisch!«, grummelte Hansen.

»Du bist verantwortlich, wenn was passiert!«, sagte sie ruhig, aber es klang wie eine Drohung.

»Nach deiner Theorie ist doch schon was passiert, oder nicht?«

Sie ärgerte sich maßlos über seine Sturheit, musste sich aber fügen. Er war bis Montag Chef.

»Brodersen?«

»Hansen?«

»Du hast meine Handynummer. Kannst mich jederzeit anrufen. Ab Montag entscheidest du dann!«

Bente kochte innerlich. Sie hatte immer noch keine Nachricht aus Frankreich, was den Tod der echten Juliette Durand anging. Am Wochenende wurde offenbar international nicht gearbeitet!

»Wenn du es für richtig hältst, kannst du dich vor dem Haus der Larsens auf die Lauer legen mit deinem Campingbus!«

Damit schloss Hansen die Tür zu seinem Büro von innen.

Er hatte recht und sie wusste es. Sie konnte nur warten. Abwarten und hoffen, dass nichts passierte.

Heike breitete einige Ausdrucke auf ihrem Schreibtisch aus und sah sie erwartungsvoll an.

Bente riss sich zusammen.

»Okay, was haben wir, Heike?«

»Da sie nur Pass und Handy mitgenommen hat, muss ihre Abreise überstürzt und fluchtartig gewesen sein!«

»Fall sie überhaupt abgereist ist und nicht irgendwo in den Dünen liegt.«

Heike schluckte nervös und Bente schämte sich augenblicklich. Sie durfte ihren Frust nicht ausgerechnet an ihr auslassen!

»Sorry, das war überflüssig! Was hast du herausgefunden?«

»Das Handy ist zum letzten Mal in der Funkzelle beim Larsenhaus am Freitag um 11:30 Uhr geortet worden. Seitdem ist es ausgeschaltet.«

Heike zeigte auf einen Ausdruck der Bundesnetzagentur.

»Was sagt uns das?«

Die junge Polizistin sah sie mit großen Rehaugen an und nickte bedächtig.

»Dass sie nicht unterwegs ist!«

Bente war froh, Heike an ihrer Seite zu haben. Sie war wissbegierig und schaltete sofort.

»Ja, es passt nicht zusammen, dass sie Handy und Reisepass mitnimmt und ihr Handy dann ausschaltet.«

»Es könnte kaputt sein oder der Akku ist leer.«

»Könnte!...«, erwiderte Bente mit erhobenen Augenbrauen, »...Aber ist ein bisschen zu viel Zufall, oder?«

»Ihre Anrufliste ist genauso seltsam.«

Heike breitete ein paar Seiten der Telekom aus.

»Sie hat ausnahmslos mit Svea und Benno Larsen telefoniert. Wesentlich öfter mit ihr, aber alle paar Tage auch mit ihm. Keine Anrufe nach Frankreich, keine Beste-Freundinnen-Anrufe, nicht mal die Auskunft oder so.«

Bente schaute auf die Seiten, die vor ihr lagen.

»Wenn du die Insel nach sechs Monaten verlässt, dann rufst du doch deine beste Freundin oder deine Eltern an, um das zu erzählen. Würde ein Au-pair-Mädchen nicht auch mal in der Heimat anrufen? Gerade, um zu erzählen, wie es in der Ferne so ist, zumal es, so wie Malle, eine der berühmtesten Insel ist.«

»Vielleicht hat sie ein Zweithandy?«

»Davon können wir bei dem Anrufprofil ausgehen.«

»Das würde wieder erklären, weshalb es ausgeschaltet ist.«

»Richtig!«

Heike blätterte durch die Seiten auf dem Tisch.

»Klemme und Timme haben zwei Kindergärtnerinnen erreicht. Beide gaben an, dass Juliette sich wie eine Mutter um die kleine Jördis kümmert und auch Jördis das Mädchen vergöttert.«

»Passt zu unserer Theorie, dass sie das Au-pair nur spielt, um ihrem Geliebten nahe zu sein.«

»Glaubst du wirklich, Svea Larsen könnte in Gefahr sein? Dass Juliette und Benno Larsen einen perfiden Plan verfolgen?«

»Ich weiß nicht mehr, was ich glauben soll, aber wir können sie schlecht unter Polizeischutz stellen!«

»Also bleibt die Frage: Wo ist Juliette Durand oder besser gesagt, die junge Frau, die sich für sie ausgibt?«

Bente schaute auf ihr Handy. Keine Nachricht. Sie benötigte die Informationen aus Frankreich, um weiterzukommen.

»Wir sollten Montag Svea und Benno Larsen zu einer Vernehmung vorladen und sie simultan mit den jeweiligen Aussagen des anderen konfrontieren. Irgendwas muss dabei ans Licht kommen!«

Ulrike kam unter dem Tisch hervor und stellte sich winselnd vor den Ausgang. Sie musste raus.

»Wie wärs mit einer kurzen Pause?«, fragte Bente.

Heike grinste die Hündin an.

»Ich dachte schon, sie würde sich nie melden!«

Beide lachten.

»Danke, Heike, ich bin froh, dass ich dich an meiner Seite habe!«

Die junge Polizistin errötete leicht und winkte ab.

»Ich denke, ein Fischbrötchen und ein Spaziergang in der Abenddämmerung sind jetzt genau das Richtige!«

Ein paar Kilometer weiter, an der Sylter Ostküste, hatte die Dämmerung das Tageslicht beinahe vertrieben und während sich Touristen und Spaziergänger in die Bars, Restaurants und ihre Ferienhäuser zurückzogen, gehörte die Küste wieder dem Wind und den Vögeln, die auf der Suche nach Krebsen und Würmern über das Watt liefen.

Das tosende Heulen des Windes übertönte jedes Geräusch.

Niemand sah die schattenhafte Person, die im Gegenlicht des dunklen Himmels in der Heidelandschaft grub.

Inmitten kniehoher Sträucher wurde neben einem Trampelpfad ein Grab ausgehoben.

Kapitel 16

In der Dunkelheit klangen Geräusche bedrohlicher und wesentlich klarer.

Wahrscheinlich, weil die anderen Sinne die fehlende Sicht kompensierten.

Dieser Gedanke beunruhigt sie.

Was waren das für Geräusche?

Sie rieb sich den Schlaf aus den Augen und richtete sich im Bett auf.

Der Wind riss an den Wänden des Hauses und fegte über das Dach.

Aber das Geräusch kam nicht vom Wind.

Ihre Mutter hatte Jördis am Nachmittag abgeholt. Für die nächsten Tage wollte Svea ihre Tochter so weit entfernt wie möglich von Benno und Juliette wissen.

Jördis liebte ihre Großeltern und hatte nichts von den Spannungen zwischen Benno und ihr mitbekommen. Juliettes Verschwinden hatte Svea damit erklärt, dass sie auch ihre Oma besuchen würde. Das hatte Jördis sofort beruhigt.

Svea drückte den Schalter der Nachttischlampe. Es blieb dunkel.

Sie tastete nach ihrem Handy, berührte es und schob es mit ihren Fingern zur Seite. Eine Sekunde später hörte sie es auf den Boden fallen.

Sie stöhnte auf.

Warum ist es eigentlich dunkel im Haus? Gibt es einen Stromausfall?

Wieder hörte sie dieses Geräusch, das eindeutig nicht dem Wind zuzuordnen war.

»Benno?«, rief sie laut und deutlich. Ein Anflug von Unsicherheit und Angst schwang in ihrer Stimme mit.

Wenn nur Torben hier wäre!

Er hatte sich immer noch nicht gemeldet. Sie machte sich Sorgen. Um ihn und um Juliette.

Sie hörte das Knarzen der Treppenstufe. Es war die vierte Stufe, die immer knarzte.

Jemand war im Haus!

»Benno, bist du das? Das ist nicht witzig!«

Mit einer schnellen Bewegung sprang sie aus dem Bett und tastete nach ihrem Bademantel, der am Fußende über dem Bettgestell hing.

»Benno! Du machst mir Angst!«

Niemand antwortete, aber es war jemand auf der Treppe, das spürte sie!

Vielleicht war es Juliette, die sich zurück ins Haus schlich, um niemanden zu wecken?

»Juliette?«, schrie sie hysterisch, weil sie bereits wusste, dass es weder sie noch Benno war, der die Treppe hochschlich. Beide hätten geantwortet!

Einbrecher? Sie hatten die Sicherungen ausgeschaltet, das musste es sein!

Sollte sie zurück ins Bett gehen und sich schlafend stellen? Aber sie hatte so laut gerufen, dass es offensichtlich war, dass sie wach war!

Hastig kroch sie auf Knien zwischen Bett und Nachttisch umher, um ihr Handy zu finden, als sie hörte, dass die Tür zu ihrem Schlafzimmer geöffnet wurde.

Ihr Atem setzte aus, während ihr Herzschlag davongaloppierte. Die Angst erfasste sie mit eiskaltem Griff.

Panisch tastete sie nach dem Handy.

Als sie mit ihren Fingerspitzen das Gehäuse berührte, wurde sie an den Haaren zurückgerissen.

Svea Larsen schrie laut um Hilfe, versuchte, sich zu wehren, aber ihre Schläge trafen nur ins Leere.

Sie brüllte aus vollem Hals und hörte sich dennoch wie durch Watte. Als ob der Sturm ihre Worte verwehte, bis sie undeutlich in der Weite der Dunkelheit verschwanden.

Kalter Angstschweiß brach aus ihren Poren hervor und dann spürte sie das grobe Tuch auf ihrem Gesicht.

Als ihr der süßliche Geruch in die Nase stieg, verebbte die Panik und ihre Angst verwandelte sich in Müdigkeit.

Ihr letzter Gedanke galt Jördis und ehe noch die Trauer von ihr Besitz ergreifen konnte, verlor sie das Bewusstsein.

Kapitel 17

Lautes, metallenes Klopfen riss Bente aus dem Schlaf. Ulrike war sofort an der Tür und bellte kurz.

Bente brauchte einen Moment, um sich zu orientieren.

Das spartanische Dienstzimmer in dem Containerbau. Sie verbrachte bereits die zweite Nacht hier.

»Frau Brodersen?«

Sie hielt sich den Kopf. Er pochte. Warum hatte sie zwei Gläser Wein getrunken?

»Frau Brodersen?«

Das Klopfen wurde lauter.

»Ja, Moment!«, rief sie und hoffte, dass das Klopfen aufhörte. Die Schmerzen hinter ihrer Schläfe waren fies. Sie hätte es besser wissen müssen. Rotwein war für sie wie flüssiges Kopfweh!

Schlaftrunken ging sie die zwei Schritte zur Tür und öffnete sie einen Spalt.

»Wir haben einen Notruf erhalten. Im Haus der Larsens schreit jemand um Hilfe!«, berichtete der Kollege aus der Nachtschicht.

»Eine Streife ist schon unterwegs. Ich dachte, sie sollten das wissen.«

»Auf jeden Fall! Danke.«

Binnen einer Minute stand sie angekleidet im Minibad und gurgelte mit einer Mundspülung.

Im Laufen zog sie ihre Jacke über. Ulrike folgte ihr schwanzwedelnd.

Als sie draußen vor dem Bulli stand, spuckte sie die grüne Flüssigkeit aus, öffnete die Schiebetür und ließ Ulrike hineinspringen.

Vom Klopfen an ihrer Tür bis zum Starten des Motors waren keine 2 Minuten vergangen.

»Ich hab doch gesagt, die bringen sich noch alle gegenseitig um!«, murmelte sie Ulrike zu.

Als sie in den Wattweg einbog, erkannte sie in der mondlosen Nacht bereits das blaue Licht des Einsatzwagens.

Quer auf der Auffahrt brachte sie den Bulli zum Stehen. Zwei Kollegen kamen von jeweils einer Ecke des Hauses auf sie zu gerannt.

»Was ist los?«, keuchte Bente.

»Eine Frau soll um Hilfe gerufen haben. Das Haus ist dunkel, niemand öffnet und es ist vollkommen ruhig. Keine Einbruchspuren an Türen und Fenstern.«

Bente sah sich um. Svea Larsens SUV stand vor der Garage, vor der Haustür immer noch der bunte Motorroller.

Sie starrte auf das dunkle Haus.

»Aufbrechen!«

»Was? Sicher?«

Einer der Kollegen sah sie fragend an.

Bente nickte. Nicht nur das Haus war dunkel, auch die Außenbeleuchtung war aus. Keiner der Bewegungsmelder, die vor der Garage, der Auffahrt und der Haustür angebracht waren, war angegangen. Dagegen war die Haustür des Nachbarhauses beleuchtet. Das war kein Stromausfall! Hier stimmte etwas nicht!

»Treten Sie die verdammte Tür ein!«, befahl sie.

»Die lässt sich nicht eintreten!«, sagte der Beamte und zeigte auf die solide, doppelflügelige Eichenholztür.

»Dann die Terrassentür! Los, machen Sie schon!«

Er sprintete zum Streifenwagen, nahm einen Klappspaten aus dem Kofferraum und rannte hinter Bente her zur Rückseite des Hauses.

Nach wenigen Schlägen ging das Glas klirrend zu Bruch und während der Kollege noch die scharfen Kanten aus dem Rahmen schlug, schlüpfte Bente ungeduldig durch das Loch.

»Hallo? Hier ist die Polizei!«

Niemand hatte auf das Klopfen, Klingeln und die zerbrochene Terrassentür reagiert, also erwartete sie keine Reaktion.

Sie drehte sich zu den beiden Kollegen um.

»Einer von Ihnen sucht den Sicherungskasten. Offensichtlich ist der Strom unterbrochen. Durchsuchen Sie das Erdgeschoß, ich gehe hoch!«

Bente nahm die Treppe ins Obergeschoß. Wieder fiel ihr die knarzende Stufe auf.

Sie warf einen Blick ins Kinderzimmer, ließ den Lichtkegel der Taschenlampe wie einen Suchscheinwerfer umherschweifen.

Die nächste Tür führte ins Schlafzimmer von Svea Larsen. Der helle Lichtstrahl durchschnitt die Dunkelheit.

Im nächsten Moment stockte ihr der Atem.

»Zwei Beine am Boden hinter dem Bett. Rettungswagen, sofort!«, schrie sie hinunter und hörte zwei Sekunden später das Knacken des Funkgerätes.

Sie stürmte auf das Bett zu. Dort lag Svea Larsen. Um ihren Hals lag eine Seilschlinge.

Bente legte zwei Finger an die Halsschlagader und hoffte, einen Puls zu fühlen.

»Bitte!«, flüsterte sie.

Nichts. Kein Lebenszeichen.

Ein Kollege trat zu ihr und das Licht ging an.

Bente kniete neben der leblosen Svea Larsen.

»Wieso ruft jemand bei einem Selbstmord um Hilfe?«, fragte der Beamte.

Ein Blick durch das Zimmer reichte Bente, um es sofort zu wissen.

»Das war kein Selbstmord!«

Der Nachttisch neben dem Bett war verrückt, die Lampe lag auf dem Boden neben einem Handy.

Ihr Blick fiel auf einen Stofflappen am Fußende des Bettes. Sie schob die Taschenlampe unter das Tuch, hob es an und roch daran.

Der süßliche Duft von Chloroform stieg ihr in die Nase und sie wandte schnell den Kopf ab.

Während sie von Weitem die Sirene des Rettungswagens hörte, griff sie fast automatisch nach ihrem Handy.

»Brodersen hier. Flackner?«

Ihr ehemaliger Kollege hatte offenbar Bereitschaftsdienst.

»Jo!«

»Wir haben einen Mord im Larsenhaus. Ich brauche das gesamte Programm und zwar sofort!«

Ihre Stimme klang ganz anders, als Flackner es gewohnt war. Nicht fordernd und keinen Widerspruch duldend, sondern traurig und niedergeschlagen.

»Es ist Mitternacht, aber wir machen uns sofort auf den Weg. Alles in Ordnung mit dir?«

Sie fühlte sich alles andere als in Ordnung. Tief im Inneren machte sie sich Vorwürfe. Sie hätte Svea Larsen retten müssen!

Aber wie?

Hansen hatte recht gehabt. Polizeischutz wäre nie und nimmer genehmigt worden, dafür waren die Indizien nicht ansatzweise ausreichend gewesen.

»Nein, nichts ist in Ordnung. Hier ist gerade die Mutter eines dreijährigen Mädchens ermordet worden und habe es kommen sehen.«

Am anderen Ende der Leitung war es still. Flackner schwieg. Manchmal war es besser, nichts zu sagen und nur zuzuhören.

»Ich hatte es im Gefühl! Ich hätte mich selbst vor das Haus stellen müssen, wozu habe ich einen Campingbus?«

Plötzlich schrie ein Kollege aus dem Erdgeschoss:

»Halt! Stehenbleiben! Polizei!«

Bente drückte Flackner im Laufen weg und rannte die Treppenstufen hinab.

»Jemand ist aus der Gästewohnung in den Garten gerannt.«, rief der Kollege.

Ein Aufschrei drang aus einiger Entfernung zu ihnen durch den Sturm.

Zu dritt liefen sie hinaus in den Garten.

Die Taschenlampenkegel tanzten wie verirrte Nebelsuchscheinwerfer umher.

Die Sicht endete nach wenigen Metern in der Schwärze der Nacht.

»Haben Sie die Person erkannt? Männlich oder weiblich?«

Der Kollege schüttelte den Kopf.

»Sperren Sie den Dünenweg ab! Sperren Sie Kampen und die ganze Insel ab! Ich will, dass jeder kontrolliert wird, der auf den Zug, eine Fähre oder ein Segelboot steigt!«

»Nach wem suchen wir?«

»Benno Larsen!«

Bentes Stimme war hasserfüllt.

»Sie gehen zurück ins Haus und beordern jeden Kollegen her, egal ob Wochenende oder nicht! Und Sie kommen mit mir!«

Sie verteilte die Aufgaben mit einem Blick in die beflissenen Gesichter der beiden.

»Er kann ja noch nicht weit sein!«

Sie ging voraus durch den Garten in Richtung Dünenweg.

Der Wind zerrte an ihrer Jacke. Sie spürte die nasse Kälte.

Wenn es nicht Benno Larsen war, dann käme nur Juliette in Frage, aber so, wie es momentan aussah, hatte Larsen beide Frauen auf dem Gewissen.

Sie rief sich das Bild aus dem Schlafzimmer mit dem Leichnam in Erinnerung.

Svea Larsen war offensichtlich stranguliert worden. Der Strick lag noch über dem offenen Dachgebälk.

Hatte er sie tatsächlich eiskalt an dem Strick hochgezogen? Wie kaltblütig musste man sein, um der Mutter seines Kindes beim langsamen, qualvollen Sterben zuzusehen?

Konnte es sich um eine Beziehungstat im Affekt handeln?

Nein, dieser Mord war geplant worden! Das mitgebrachte Seil, das Chloroform und die ausgeschalteten Sicherungen sprachen eine deutliche Sprache.

»Sie und Ihr Kollege haben das Haus umrundet, bevor ich eingetroffen bin?«

»Ja, wir haben alle Fenster und Türen auf Einbruchspuren untersucht!«

Das heißt, wer auch immer Svea Larsen ermordet hat, muss einen Schüssel haben!

Bente grübelte angestrengt, während sie durch die Dunkelheit stolperte.

Oder sie hat ihren Mörder hereingelassen!

Mit einem Mal trat sie unvermittelt ins Leere. Binnen Sekundenbruchteilen schoss das Adrenalin durch ihren Körper. Dann spürte sie den festen Griff ihres Kollegen an ihrem Oberarm.

»Das war knapp!«, keuchte der Beamte und hielt sie immer noch fest.

»Wer buddelt denn hier Löch...!«

Bente blieben die Worte im Hals stecken, als sie mit der Taschenlampe in das Loch leuchtete.

Einen Meter unter ihr strahlte der Lichtschein der Taschenlampe das blutüberströmte Gesicht von Benno Larsen an.

Kapitel 18

Mit dem Sonnenaufgang legte sich der Sturm und es schien, als hätten die Naturgewalten ihre Flagge auf Halbmast gesetzt, um den beiden Toten zu gedenken. Die Nordsee war still.

Im Larsenhaus dagegen ging es zu wie in einem Bienenstock.

Ein halbes Dutzend Männer in weißen Papieroveralls sicherten Spuren, machten Fotos und durchsuchten das Haus.

Auf der Auffahrt standen zwei Leichenwagen.

Hansen und Heike waren unmittelbar nach dem Spurensicherungsteam eingetroffen.

Alle verrichteten schweigend ihre Arbeit. Es wurde nur das Nötigste gesprochen. Das Team der Wache Sylt war fast vollständig anwesend, nur die beiden Kollegen von der Nachtschicht waren im Bürocontainer in Westerland geblieben.

Günther Flackner hatte in seinem Leben schon viele Leichen gesehen, aber immer noch berührte es ihn, wenn er an einen Tatort kam.

Bente kannte ihn aus ihrer Zeit in Husum. Er war der Leiter des Spurensicherungsteams.

»Hast du schon etwas für mich?«

Bente stellte sich neben ihn.

»Tragische Geschichte!«

Er schüttelte verständnislos den Kopf.

»Sieht so aus, als passe das Sprichwort: Die Strafe folgt auf dem Fuße!«

Sie befanden sich in Svea Larsens Schlafzimmer und Flackner wies auf den abgeklebten Umriss des Leichnams.

»Larsen muss seine Frau im Schlafzimmer überfallen haben. Sie hat sich gewehrt, es gibt Spuren eines Kampfes.«

Er zeigte auf den Nachttisch und die umgefallene Lampe.

»Das Tuch habe ich zum Krankenhaus geschickt, das liegt am nächsten dran. Ich will nicht, dass sich die Spuren des Chloroforms verflüchtigen. Die haben zugesagt, es zu analysieren!«

»Gut!«

Bente war froh, Flackner hierzuhaben. Sie vertraute ihm.

»Er muss seiner bewusstlosen Frau die Schlinge um den Hals gelegt und dann das Seil über den Balken geworfen haben, um sie daran hochzuziehen. Natürlich gibts noch eine genau Obduktion, aber die Todesursache ist relativ klar.«

»Er wollte es also so aussehen lassen, als ob sie Selbstmord begangen hat.«

Flackner reibt sich das Kinn.

»Ja! Er hätte das Seil verknoten, einen umgekippten Stuhl hinstellen und das Chloroformtuch mitnehmen müssen, dann hätte es nach Selbstmord ausgesehen. Aber das Eintreffen deiner Kollegen hat ihn bei der Vollendung seines Plans gestört.«

»Jedenfalls hat er seine gerechte Strafe erhalten!«, seufzte Bente.

Sie verließen den Tatort und gingen hinaus zu der Grube, in die Bente vor ein paar Stunden beinahe hineingefallen wäre.

»Die Grube ist frisch ausgehoben worden. Es hat bis 21:30 Uhr geregnet und es steht kein Wasser im Loch.«

Bente sah in das mittlerweile geräumte Grab hinein und sofort tauchte das Bild des toten Benno Larsens vor ihren Augen auf. Seine Schläfe und die Stirn waren eingeschlagen gewesen.

»Es sieht so aus, als wäre er in der Hektik der Flucht in das von ihm geschaufelte Grab gefallen. Dabei hat er sich den Schädel an der Schaufel aufgeschlagen, die bereitstand, um es wieder zuzuschaufeln.«

Bente rekapitulierte die Ereignisse. Benno Larsen hatte maximal eine Minute Vorsprung gehabt, allerdings hatte die Dunkelheit es unmöglich gemacht, irgendetwas zu sehen. Larsen musste, kurz bevor sie mit dem Kollegen das Loch erreicht hatte, in den Tod gestürzt sein.

»Er hatte Handschuhe an, an denen wir Fasern des Seils gefunden haben. Fußspuren der Stiefel, die er trug, passen zu denen im Schlafzimmer und in seiner Jackentasche befand sich ein Fläschchen Cloroform.«

Flackner zuckte mit den Schultern.

»Eine genaue Laboranalyse bekommst du noch, aber alles passt zusammen! Seinen Wagen haben wir 200 Meter weiter an der Gabelung zum Dünenweg sichergestellt.«

Bente nickte gedankenverloren.

»Fehlt nur noch das vermisste Au-pair-Mädchen!«

Beide blickten über den Küstenstreifen.

»Wird schwierig, sie zu finden, aber irgendwann gibt die Natur sie frei.«

»Ich kümmere mich ums Labor, damit wir die Ergebnisse so schnell wie möglich haben!«

Ihre Unterhaltung wurde durch Bentes Handy unterbrochen. Flackner ging zurück ins Haus und Bente nahm das Gespräch entgegen. Es war eine Nummer aus dem Ausland.

»Brodersen!«, meldete sie sich.

»Wissner, Constantin Wissner. Unser gemeinsamer Freund Harro Hamkens bat mich, sie anzurufen.«

»Sie sind von Europol?«

»Ja, ich habe etwas für sie. Juliette Durand beging vor 5 Jahren Selbstmord.«

»Selbstmord?«, wunderte sich Bente.

»Sie hatte einen Verkehrsunfall, aber der war nicht tödlich. Sie hat sich einen Tag später im Krankenhaus das Leben genommen. Ich maile Ihnen die Unterlagen!«

»Danke für Ihre Mühe!«

»Danken Sie nicht mir, sondern Harro. Er hatte einen gut bei mir!«

Damit legte Wissner auf und Bente sah Heike den Trampelpfad auf sich zugehen.

Tränen liefen über das Gesicht ihrer jungen Kollegin. Dies waren ihre ersten Leichen.

»Warum?«, schluchzte Heike fassungslos.

Bente unterdrückte den Impuls, sie in den Arm zu nehmen. Stattdessen legte sie ihr die Hände auf die Schultern und sah sie ernst an.

»Das ist die Frage! Lass uns diesen Dreesen besuchen und Torben Niemann werden wir auch vorladen, der wird mit uns reden müssen!«

»Hansen hat jeden verfügbaren Mann für dich abgestellt aber das kommt jetzt wahrscheinlich zu spät.«

»Es ist nicht Hansens Schuld, er hat richtig entschieden! Ich hatte ein mulmiges Gefühl und hätte mich mit meinem Bulli auf die Auffahrt stellen sollen! Höre immer auf dein Gefühl, Heike! Versprich mir das!«

»Ja! Das verspreche ich!«

Heike lächelte tapfer.

»Sieh dich hier um, lass alles auf dich wirken und dann denke scharf nach!«

»Was meinst du?«

»Der Fall ist noch nicht abgeschlossen!«

Bente drehte sich um und ging entschlossen den Weg zurück zum Haus. Ulrike wartete noch im Bus und brauchte einen Spaziergang.

»Du meinst Juliette Durand?«

»Jep, auch!«

»Du hoffst, dass sie noch lebt?«

Abrupt blieb sie stehen und drehte sich zu Heike um.

»Dessen bin ich mir sicher! Lagebesprechung in einer Stunde in der Wache. Ich will, dass alle anwesend sind!«

Kapitel 19

In Benno Larsens Wagen haben wir den Reisepass von Juliette Durand gefunden!«

Klemme hielt einen Plastikbeutel hoch, in dem der französische Pass war.

»Er ist, soweit wir es sagen können, echt.«

Heike blätterte in ihrem Ordner.

»Juliette Durand wäre heute 31 Jahre alt.«

»Irgendetwas stört mich an der Geschichte mit dem französischen Reisepass. Ich kann nur noch nicht sagen, was. Es ist wie ein fehlendes Puzzleteil, das in meinem Gehirn verloren gegangen ist!«

Bente kratzte sich nachdenklich am Kinn.

Das Team saß eng beieinander um den Tisch in dem kleinen Besprechungsraum.

»Ihr Handy haben wir auch! Ich habe die Wohnung in dieser grünen Villa in der Steinmannstarße ausfindig gemacht.«

Heike hält zwei Ausdrucke in den Händen.

»Die Wohnung gehört Benno Larsen..., äh... gehörte Benno Larsen.«

Sie schluckte trocken.

»Die SpuSi ist gerade dort. Sieht so aus, als hätten Juliette und Larsen sich in dieser Wohnung heimlich getroffen. Das Handy können wir noch nicht auswerten, weil es passwortgeschützt ist, aber wir arbeiten dran. Außerdem habe ich den Anwalt Maik Dreesen informiert. Er ist auf dem Weg hierher.«

»Gute Arbeit, Heike. Timme, was hast du?«

Hansen saß am Ende des Tisches, schwieg und hörte zu.

»Wir haben eine Rekonstruktion des Tathergangs angefertigt.«

Timme stand auf und heftete ein Blatt an das Clipboard.

Auf der Skizze war das Larsen-Haus mit Garten und Umgebung eingezeichnet.

Zwei Kreuze markierten den Fundort der beiden Leichen, ein weiteres Larsens Wagen.

»Larsen muss sich ins Haus geschlichen und die Sicherungen ausgedreht haben. Oben im Schlafzimmer seiner Frau kam es zum Kampf zwischen den Eheleuten, bevor er sie mit Chloroform betäubte. Einen Strick, den er mitgebracht haben muss, denn im Auto haben wir ebenfalls Fasern dieses Seiles gefunden, hat er seiner bewusstlosen Frau um den Hals gelegt und sie übers offene Dachgebälk hochgezogen. Sie ist erstickt.«

Timmes nüchterner und sachlicher Tonfall ließ die Tat genau in dem Licht erscheinen, die sie war. Brutal, heimtückisch und niederträchtig.

»Ich bin froh, dass sie nichts gespürt hat!«, meldete sich Heike zu Wort.

»Hat sie doch nicht, oder?«

Prüfend sah sie von Hansen hinüber zu Bente und wieder zurück.

Hansen schloss die Augen und schüttelte sanft den Kopf.

»Der Notruf ist um 0:33 Uhr eingegangen. Die Streife war um 0:42 Uhr vor Ort und gefunden habt ihr sie um 0:48 Uhr. Larsen muss von euch überrascht worden sein, hat sich in der Einliegerwohnung hinter der Garage versteckt und ist von dort in den Garten geflüchtet.«

Timme fuhr mit einem Bleistift die gestrichelten Linien auf der Zeichnung nach.

»Nielsen hat ihn gesehen und ist hinterher. Brodersen und Eggers sind kurz danach ebenfalls im Garten gewesen. Es war wirklich stockfinster gestern Nacht.«

Bente stockte kurz und sah nachdenklich in die Luft.

»Um ein Haar wäre ich in das ausgehobene Grab gestürzt! Danke nochmal, Eggers!«

Sie sah zu dem Kollegen, der sie mit festem Griff in ihren Ärmel gehalten hatte.

»Das ist der Punkt. Es war so dunkel, dass Larsen das Grab, was er zuvor selbst ausgeschaufelt hatte, in seiner Panik übersah und so unglücklich stürzte, dass sein Kopf auf einen Stein aufschlug. Er muss sofort tot gewesen sein. Das nennt man Karma!«

Timme endete genauso abrupt, wie er begonnen hatte.

Bente nahm eine Mappe vom Tisch, holte die Fotos der Leichen hervor und warf sie quer über den Tisch.

»Wer kann sich darauf einen Reim machen?«

Alle starrten auf die Bilder, nur Heike drehte sich weg. Sie hatte Schwierigkeiten damit, die Fotos der Toten zu betrachten.

Ulrike kam unterm Tisch hervor und schnupperte mit ihrer feuchten Hundenase an jeder Hosentasche, in der Hoffnung auf ein Leckerli.

Bei Hansen hatte sie Erfolg.

»Braves Mädchen!«

Er streichelte ihr über den Kopf und sie legte sich auf seine Füße.

»Warum bringt Larsen seine Frau um?«

Bente sah in die Runde.

»Er möchte, dass es aussieht wie Selbstmord. Sie war emotional aufgewühlt, hatte wegen des Alibis gelogen, wusste von der Affäre ihres Mannes und vielleicht hatte sie sogar das Au-pairMädchen auf dem Gewissen? Eifersucht als Motiv, würde ich sagen.«, stellte Klemme seine Theorie vor.

»Sie hatte selbst eine Affäre. Eifersucht als Motiv ist in diesem Fall ziemlich schwach.«

Bente war nicht überzeugt.

»Was war sein Motiv?«

»Geld? Svea Larsen war sehr vermögend, ich meine, richtig reich. Geldgier ist seit Menschengedenken ein Mordmotiv!«, sagte Klemme und sah seine Kollegen an, die zustimmend nickten.

»Wir sollten den Anwalt nach dem Testament, beziehungsweise der Erbfolge, befragen. Vielleicht bringt das Licht in die Angelegenheit. Aber letzten Endes ist die Sache doch vollkommen klar! Er hat sie getötet und war im Nachhinein einfach zu doof, um lebend davon zu kommen!«

Klemmes Logik klang einleuchtend, aber Bente schüttelte den Kopf.

»Die ganze Sache stinkt zum Himmel!«, rief sie, sprang auf und stützte ihre Hände auf dem Tisch ab.

»Klemme, stell dir vor, du bringst deine Frau um und lässt es wie Selbstmord aussehen...«

»Bist du verrückt, Brodersen? Wenn Klemmes Frau rauskriegt, dass er das hier durchspielt, dann schläft er bis Weihnachten in der Garage.«, warf Hansen ein. Er kannte Klemmes Frau.

»Dann nehmen wir eben dich, Hansen!«

»Ich soll meine Frau umgebracht haben?«

Bente nickte.

»Was passt nicht zusammen?«

Sie sah den alten Kommissar erwartungsvoll an.

»Ich dachte schon, du kämst nie drauf, Brodersen!«

Die Kollegen sahen unsicher zwischen ihrem alten Kommissar und der neuen Kommissarin hin und her.

Bente wartete geduldig.

»Das Grab!«

Heike schlug sich mit der flachen Hand an die Stirn.

»Natürlich! Das Grab! Wenn er einen Selbstmord seiner Frau vortäuschen will, wozu hebt er dann ein Grab aus?«

Hansen und Bente atmeten erleichtert aus.

»Genau! Deswegen ist die Sache noch nicht zu Ende. Wir haben zwei Leichen, aber das Grab war für jemand anderen bestimmt!«

Die Kollegen stöhnten auf.

»Außerdem...«

Bente war noch nicht fertig.

»Wer von euch wohnt hier auf Sylt?«

Alle hoben die Hand, nur ein Kollege murmelte was von Niebüll.

»Habt ihr schon mal ein Loch gegraben und einen Busch eingepflanzt oder mit den Kindern gebuddelt?«

Irritiert folgten alle Bentes Ausführungen und nickten zögernd.

»Sylt ist keine reine Sandinsel, so wie die ostfriesischen Inseln, sie besitzt einen sogenannten Geestkern, der die Inselmitte stützt. Daher auch das Rote Kliff, das aber kein richtiges Felsgestein ist.«

»Ich versteh nur Bahnhof!«, stöhnte Klemme.

Bente zeigte auf das Foto von dem leblosen Benno Larsen in der Grube.

»Es gibt auf Sylt keine solchen Steine im Boden!«

Sie tippte mit dem Finger auf das Foto.

»Larsen hätte sich auch den Hals brechen können, wenn er im vollen Lauf in das geschaufelte Grab gefallen wäre, aber hier hat jemand nachgeholfen! Der Stein lag nie und nimmer in dem Loch. Den hat jemand auf ihn geworfen!«

Es war mucksmäuschenstill in dem Besprechungszimmer.

Heike schob das Tablet mit dem Foto von Larsens Anwesen über den Tisch.

»Das Haus hat zwar keine Zäune, aber eine natürliche Einfriedung durch das kniehohe Heidekraut. Es gibt einen Trampelpfad vom Garten zum Dünenweg.«

Heike zeigte auf den klar erkennbaren, ausgetretenen Weg.

»Genau dort ist das Loch ausgehoben worden!«

»Das muss ja einer geplant haben!«

»Schlaumeier, Klemme!«

»Wer immer das geplant hat, musste sicherstellen, dass Larsen in Panik gerät und flüchtet.«

»Der Anruf!«

»Korrekt!«, erwiderte Bente.

»Wer immer das geplant hat, muss von Larsens Plan, seine Frau zu ermorden, gewusst haben.«

»Klar, er ruft die Polizei, aber wie kann er sicherstellen, dass Larsen den Weg hinausläuft? Er hätte doch auch nach vorn oder zu den Nachbarhäusern flüchten können?«, dachte Heike laut.

»Und dann muss derjenige ja unmittelbar an dem Loch gestanden haben, um ihn mit dem Stein zu erschlagen!«

»Oder diejenige!«, half Bente ihr auf die Sprünge.

»Juliette Durand!«, staunte Heike mit offenem Mund.

»Das Au-pair-Mädchen! Juliette Durand hat vor 5 Jahren Selbstmord begangen.«

Bente sah zu Hansen, der zufrieden schien.

»Von wo kam der Notruf?«

»Der Anruf kam vom Nachbarhaus, Moment.«

Heike blätterte zwischen den Ausdrucken.

»Frau Sellering?«

Bente würde es nicht wundern, wenn ausgerechnet sie angerufen hätte.

»Nein, ein Herr Markmann. Er hat eine der Ferienwohnungen gemietet.«

Die nächsten Minuten herrschte Schweigen im Besprechungsraum. Jeder spielte die Theorie in seinem Kopf durch.

»Das alles musste penibel genau geplant werden!«, gab Timme zu bedenken.

Hansen räusperte sich vom Ende des Tisches.

»Planung ist kein Fremdwort für eine Frau, die mit falschem Pass ein halbes Jahr Au-pair-Mädchen bei der Familie ihres Geliebten spielt, oder?«

Bente nickte Timme auffordernd zu. Er überlegte und ergriff dann wieder das Wort.

»Sie könnte Larsen gesagt haben, dass sie mit dem Wagen auf dem Dünenweg auf ihn wartet. Dann hätte sie nur in der Dunkelheit an dem Loch stehen müssen.«

»Okay!«, mischte Heike sich ein.

»Wie lange bräuchte ich, um eine solche Grube auszuheben?«

»Na, ja, es ist nur Sand, aber fast 1 Meter tief, da bist du schon an die zwei Stunden beschäftigt!«

Klemme zog die Stirn in Falten bei seiner Schätzung.

»Wir sollten uns nicht darauf versteifen!«, mahnte Bente.

Sie wollte, dass die Kollegen in alle Richtungen dachten.

»Da ist noch Torben Niemann, der sich weigert, mit uns zu reden und aus irgendeinem Grund ausgerechnet vorgestern nicht zum obligatorischen Schäferstündchen erschienen ist. So hatte es jedenfalls Svea Larsen dargestellt. Frau Sellering finde ich persönlich anstrengend, aber wir sollten sie noch einmal befragen! Und dann ist da noch Maik Dreesen, der Anwalt von allen, die in diesem Fall eine Rolle spielen!«

»Wenn man vom Teufel spricht...«, seufzte Hansen und zeigte auf das Fenster zum Parkplatz, wo gerade Maik Dreesen aus seinem Auto stieg.

»Okay, ihr habt alle was zu tun, los!«

Bente klatschte einmal in die Hände, rief Ulrike von Hansen ab, um sie unter den Tisch zu schicken und stellte sich mental auf den Anwalt ein.

»Heike, kümmere dich um diesen Herrn Markmann. Er muss nah am Haus gewesen sein, um bei dem Sturm letzte Nacht Schreie gehört zu haben.«

Die junge Kollegin nickte.

»Ihr beide!«

Bente wandte sich an Klemme und Timme.

»Ich will alles über Torben Niemann und Maik Dreesen wissen. Sogar, welche Zahnpasta sie benutzen, alles klar?«

Timme hob die Augenbrauen und setzte zu einer Frage an, als der alte Hansen ihn mit dem Fuß unterm Tisch anstieß und mit dem Kopf schüttelte.

In den letzten Jahren hatte er Timmes Vorzüge schätzen gelernt. Er war ein akribischer Ermittler, der jede Fleißaufgabe hervorragend erfüllte, aber das Stellen von intelligenten Fragen gehörte nicht zu seinen herausragenden Fähigkeiten.

»Und ich will wissen, in welcher Verbindung die beiden zueinander stehen. Sind sie befreundet oder nur geschäftlich verbunden? Welche Geschäfte?«

»Alles klar!«

»Dann wollen wir mal sehen, was Dreesen von uns will!«

Bente sah zu Hansen, der schief grinste.

»Der hat gerade zwei Mandanten an einem Tag verloren.«

Kapitel 20

Das sind vertrauliche Informationen, Frau Kommissarin. Ohne richterliche Anordnung bin ich an meine Schweigepflicht gebunden. Das verstehen Sie doch?«

Dreesen trug an diesem Morgen legere Kleidung. Aber mit Jeans, Polohemd und Sportsakko wirkte er nicht sympathischer als in seinem makellosen Anzug. Bente hatte ihn über den Tod von Svea und Benno Larsen unterrichtet. Er war nicht überrascht gewesen und spielte auch nicht den trauernden Freund. Das brachte ihm einen Pluspunkt bei Bente ein.

»Ihre Mandanten sind tot und ich bitte Sie lediglich, uns sachdienliche Hinweise zu geben, um den Fall aufzuklären.«

»Sie haben doch gerade gesagt, dass Benno auf der Flucht vom Tatort tödlich verunglückt ist. Dann ist der Fall doch geklärt!«

»Das kann man vorerst so sehen, allerdings fehlt uns unter anderem das Motiv. Befand sich einer oder sogar beide Eheleute in therapeutischer Behandlung?«

Dreesen sah sie an und machte keine Anstalten, zu antworten.

»Wer ist denn jetzt Erbe? Svea Larsen war äußerst vermögend und Benno Larsen hat sicherlich auch einige Euro verdient!«, wandte Hansen sich an den Anwalt.

»Laut Erbfolge geht das Vermögen an die gemeinsame Tochter. Sie ist fast vier Jahre alt und befindet sich zur Zeit auf dem Festland bei ihrer Großmutter, hat also ein Alibi.«, grinste er.

»Zwei Ihrer Mandanten sind verstorben, die kleine Jördis ist Vollwaise und sie grinsen?«

Bente legte ihre ganze Verachtung in ihren Blick.

Für einen kurzen Moment blitzte Wut in seinen Augen auf, aber sofort beherrschte er seine Mimik wieder.

»Verzeihen Sie, mir ist das wohl noch nicht so richtig bewusst. Ich wollte nicht pietätlos erscheinen.«

Dreesen war eloquent und gerissen und genau das machte wohl einen guten Anwalt aus.

»Ich kann es noch nicht fassen, dass er Svea umgebracht hat!«

»Könnte Geld ein Motiv für Benno Larsen gewesen sein? Vielleicht hat er sich mit seinen Immobiliengeschäften verspekuliert?«

»Im Gegenteil! Benno hatte hier auf Sylt Kontakte geknüpft und wurde mit dem Verkauf zahlreicher Immobilien beauftragt. Die Preise steigen immer noch, es ist unglaublich, was die Leute hinblättern, nur um ein Fitzelchen Meer sehen zu können! Er hatte in den letzten Jahren mehr verdient, als wir drei hier zusammen!«

Dreesen sah erst Hansen, dann Bente an.

»Außerdem gibt es einen Ehevertrag!«

»Was bedeutet, dass er bei einer Scheidung nichts von ihrem Vermögen bekommen hätte. Und sie wollte sich scheiden lassen!«, konterte Bente.

»Ja, da haben sie recht. Im Todesfall wäre das Vermögen zu gleichen Teilen an Ehemann und Tochter gegangen.«

»Und er hätte das Vermögen seiner Tochter verwaltet!«, ergänzte Hansen.

Bedächtig stimmte Dreesen ihm zu.

»Daran hatte ich nicht gedacht, aber ja, es könnte ein Motiv sein!«

»Haben die Eheleute Larsen Ihnen gegenüber irgendetwas erwähnt, was eine Verbindung zur letzten Nacht darstellen könnte?«

Er schüttelte den Kopf.

»Das hätte ich Ihnen natürlich umgehend mitgeteilt, Frau Kommissarin!«

Bente störte seine arrogante Art, die er trotz der tragischen Todesfälle nicht ablegte.

»Seit wann waren Sie der Anwalt von Svea Larsen?«

»Wir kannten uns von der Uni. Wir haben beide in Freiburg studiert und vor acht oder neun Jahren kam sie auf mich zu. Ich kann das genaue Datum herausfinden lassen, wenn Sie es wünschen.«

Bente hielt sich die Handflächen an die Schläfen.

Wieso komme ich in diesem Fall einfach nicht weiter?

»Was haben Sie für einen Eindruck von Juliette Durand?«

»Äh, das Au-pair-Mädchen?«

»Kennen Sie noch eine Juliette Durand?«

Er schüttelte den Kopf.

»Ich erinnere mich nicht, sie jemals getroffen zu haben.«

Hansen, der aufmerksam zuhörte, räusperte sich.

»Sie haben die Larsens in allen Rechtsfragen beraten, richtig?«

»Das ist korrekt!«

»Aber den Vertrag mit der Vermittlungsagentur haben Sie nicht gelesen?«

Dreesen setzte wieder zu seinem überheblichen Grinsen an, besann sich aber und reagierte besonnen.

»Nein, so etwas fällt nicht in meinen Aufgabenbereich. Ich kümmere mich um Immobilien- und Vermögensverwaltung, um wirtschaftliche Fragen und Rechtsgeschäfte. Den Au-Pair-Vertrag hat Benno abgeschlossen.«

Nachdenklich wandte Bente sich an den Anwalt.

»Was, glauben Sie, hat sich letzte Nacht im Larsenhaus abgespielt?«

Sie hielt Blickkontakt.

»Glauben ist nicht mein Geschäft, da müssen Sie einen Kirchenmann fragen. Ich halte mich an Verträge und Fakten. Was glauben Sie?«

»Ich habe Zweifel!«

Dreesen schwieg.

»Entschuldigen Sie mich bitte für einen Moment!«

Bente verließ das Besprechungszimmer, gefolgt von Ulrike.

Im Nachbarcontainer trat sie an Timmes Schreibtisch, schrieb eine Nummer auf einen Block und erteilte ihm einen Befehl.

Dann kehrte sie zu Hansen und Dreesen zurück, die offenbar nicht miteinander geredet hatten, schickte Ulrike wieder unter den Tisch und stellte Dreesen beiläufig eine Frage.

»Sie sind ebenfalls der Rechtsbeistand von Torben Niemann, richtig?«

Dreesen nickte.

»Wissen Sie, warum er am Freitag nicht zu dem vereinbarten Treffpunkt mit Svea Larsen gekommen ist?«

»Nein, das Privatleben meiner Mandanten interessiert mich nicht.«, erwiderte er kühl.

»Sind wir hier fertig? Sie werden verstehen, ich habe einige Angelegenheiten zu regeln!«

Bente stand auf und öffnete die Tür.

»Na klar, vielen Dank, Herr Dreesen.«

Als er sich von seinem Stuhl erhob, stellte Bente noch eine letzte Frage. Sie musste Zeit schinden.

»Sagt Ihnen der Name Lisa Sellering etwas?«

Er überlegte, dann nickte er.

»Die Nachbarin, richtig?«

»Richtig!«

»Ja, sie hat gemeinsam mit Benno einige Geschäfte getätigt.«

»Bitte?«

Bente konnte ihre Überraschung nicht verbergen und auch Hansen war aufgesprungen.

»Sie ist Maklerin. Benno hatte mal was mit ihr. Jedenfalls hatte Benno mich vor ein paar Monaten um Rat gefragt, ob er juristisch gegen sie vorgehen könne, weil sie im Nachbarhaus eingezogen war. Übergriffig war das Wort, was er benutzt hatte.«

»Warum sagen Sie das erst jetzt?«, rief Bente empört.

»Weil Sie mich danach gefragt haben und das Privatleben meiner Mandanten...«

»Stopp!«, unterbrach Bente ihn.

»Heißt das, dass Lisa Sellering Benno Larsen gestalkt hat?«

»So extrem würde ich das nicht ausdrücken.«

»Wusste Svea Larsen von dieser Affäre?«

»Ich weiß es nicht, aber Benno Larsen hatte mit so ziemlich jeder was.«

»Jeder?«, fragte Bente provokant.

»Das war Bennos Aussage. Er sah Frauen nicht als Personen auf Augenhöhe, sondern lediglich als Lustobjekt.«

»Ich frage mich, ob Sie eigentlich ein Rückgrat haben, Herr Dreesen?«

Bente konnte ihre Verachtung nicht länger verbergen.

»Wissen Sie, Frau Kommissarin, Rückgrat ist nicht das, was meine Klienten von mir erwarten!«

»Was erwarten Ihre Klienten denn von Ihnen?«

»Lösungen!«, erwiderte er und hielt ihrem Blick stand.

»Ich erarbeite Lösungen für die Probleme meiner Mandanten!«

Bentes Handy klingelte.

Endlich!

»Brodersen.«

Sie hörte einen Augenblick zu, riss plötzlich die Augen auf und nickte Hansen zu.

»Wo?«

»Sind sie sicher?«

»Danke, wir kümmern uns darum!«

Sie legte das Handy auf den Tisch.

Hansen und Dreesen sahen sie gespannt an. »Wir haben das Au-pair-Mädchen gefunden!«

Kapitel 21

Vor dem Larsenhaus flatterte das Absperrband im Nordseewind, als Heike Röder ihren Wagen vor dem Nachbarhaus parkte.

Sie stieg aus und schätzte die Entfernung zum Tatort.

Nie und nimmer konnte ein Hilferuf aus dem Larsenhaus bis hierher dringen! Schon gar nicht bei dem Sturm letzte Nacht.

Die Klingelschilder waren nummeriert, nur Sellerings Name stand auf einem.

Heike drückte auf den Knopf. Nichts. Sie klingelte noch einmal. Kein Summer, der ihr die Haustür öffnete. Offenbar war Lisa Sellering nicht zuhause.

Sie drückte mit beiden Händen auf die übrigen 5 Knöpfe. Irgendwer würde schon öffnen.

Im nächsten Moment ging der Türsummer und Heike betrat den gefliesten Hausflur. Sie hörte, dass mehrere Wohnungstüren aufgingen.

»Herr Markmann?«, rief sie die Treppe hoch und aus dem ersten Stock meldete sich eine tiefe Männerstimme.

Als Heike sich vorstellte, sah sie das Entsetzen in dem Gesicht des weißhaarigen Rentners.

»Wir machen hier seit Jahren Urlaub, meine Frau und ich. Unfassbar, dass direkt nebenan eine Frau ermordet wurde. Einfach schrecklich!«

Heike nickte und drückte ihr Bedauern aus.

»Wir kommen her, um unsere Ruhe zu haben und jetzt das! Letzte Nacht war an Schlaf nicht zu denken! Auf jeden Fall ist es unser letzter Aufenthalt in diesem Haus!«, zeterte eine kleine, dralle Frau in den Siebzigern und streckte ihren Kopf durch den Türrahmen. Das musste Frau Markmann sein.

Heike wunderte sich über gar nichts mehr. Viele Touristen meinten, nur weil sie viel Geld für ihre Unterkunft bezahlten, hätten sie ein Anrecht auf Beschwerden. Das Wetter, ausgebuchte Restaurants, Hunde am Strand, spielende Kinder – die Liste war endlos!

»Wir sind noch ganz geschockt!«, erklärte Herr Markmann und bat sie herein.

Auf dem Weg ins Wohnzimmer kamen sie an einem Schlafzimmer und einem Bad vorbei. Die Türen standen offen und beide Räume waren klein, aber modern eingerichtet. Im Flur befand sich eine Küchenzeile und am Ende traten sie in ein geräumiges Wohnzimmer mit fantastischem Ausblick. Heike seufzte bei dem Gedanken an ihr 1-Zimmer-Apartment in der Stettiner Straße in Westerland.

Sie nahmen am Esstisch Platz.

»Können Sie mir sagen, wann genau Sie die Hilferufe gehört haben?«

»Wir haben gar nichts gehört! Eine Frau hat bei uns geklingelt!«

»Was für eine Frau?«

»Das weiß ich nicht. Vielleicht wohnt sie hier im Haus?«

»Ich habe doch gesagt, du sollst dir ihren Namen geben lassen!«, zischte Frau Markmann ihrem Mann zu.

»Nochmal ganz von vorn, Herr Markmann, das ist sehr wichtig für uns.«

Heike nahm ihren kleinen Notizblock und einen Kuli zur Hand.

»Wie war das genau?«

»Um kurz vor halb eins hat es Sturm geklingelt. Ich öffnete die Haustür und sah eine Frau in den Hausflur treten. Sie war ganz aufgelöst und rief, dass im Nachbarhaus eine Frau um Hilfe schrie und wir sofort die Polizei rufen sollten!«

»Sie hat ihren Namen nicht genannt?«, fragte Heike.

Herr Markmann schüttelte den Kopf.

»Und sie hat Sie aufgefordert, die Polizei zu rufen?«

»Genau! Sie war so aufgeregt, das junge Ding!«

Heike stockte kurz.

»Und weshalb hat sie nicht selbst die Polizei gerufen?«

Irritiert sah der alte Mann sie an.

»Darüber habe ich mir keine Gedanken gemacht. Schließlich war es ja ein Notfall!«

»Ja, klar, in so einer Situation handelt man intuitiv, das verstehe ich. Wie ging es dann weiter?«

»Ich wählte die 110 und kurze Zeit später sahen wir das Blaulicht von einem Polizeiwagen, der zu dem Nachbarhaus fuhr. Ihre Kollegen waren sehr schnell hier.«

»Wo war die Frau in dieser Zeit? Hier bei Ihnen in der Wohnung?«

»Nein! Wie gesagt, ich habe angenommen, sie sei ein Feriengast hier im Haus. Wissen Sie, in so einer Ferienwohnung kennt man seine Nachbarn ja nicht.«

Er hob entschuldigend die Schultern.

»Können Sie die Frau beschreiben?«

»Sie war jung, höchstens 30, schlank und ungefähr so groß wie Sie, aber genau kann ich es nicht sagen, weil sie ja unten im Hausflur gestanden hat. Auf jeden Fall trug sie eine dunkle Jacke mit Kapuze. Es war ja auch stürmisch draußen.«

»Also kam sie von draußen?«

Der Rentner schürzte die Lippen und schüttelte den Kopf.

»Das habe ich zumindest angenommen. Es ging alles so schnell und wir hatten ja auch Angst, dass etwas passiert sein könnte und das ist es ja schließlich auch. Schrecklich!«

»Würden Sie das Gesicht wiedererkennen?«

»Ja, das denke ich schon!«

»Einen Moment bitte!«

Heike verließ die Wohnung, ging zu ihrem Wagen und kehrte kurz darauf mit ihrem Tablet zurück.

Sie rief das Facebookprofil von Juliette Durand auf und zeigte es den Markmanns.

»Mmmh, sie trug eine Brille, aber ja, das ist sie!«

»Sind Sie sicher?«

Er nickte.

»Ich bin zwar 76, aber meine Augen sind noch gut. Ja, ich bin mir sicher!«

Heike lächelte dem Ehepaar zu, bedankte sich bei ihnen und verabschiedete sich.

Draußen vor der Tür grinste sie breit.

Bingo!

Kapitel 22

Bente und Hansen saßen in einem Zivilfahrzeug der Polizei Sylt, einem dunkelgrünen Golf 8, und folgten der dunklen Limousine von Maik Dreesen.

»Wieso hast du den Anruf fingiert?«

Hansen sah sie von der Seite an.

»Etwas an Dreesen gefällt mir nicht!«

»Na los, spuck es aus, Brodersen. Ich will hier kein Quiz veranstalten!«

Bente hielt den Golf in einigem Abstand zu Dreesens Wagen.

»Er hat bei der Vernehmung von Svea Larsen versucht, sie zu beruhigen und ihr beigepflichtet, dass Juliette immer einen zuverlässigen Eindruck gemacht hat.«

»Stimmt! Als er sich mit ihr unterhielt.«

Hansen pfiff durch die Lippen.

»Und gerade eben hat er gesagt, sie noch nie getroffen zu haben!«

»Genau!«

Bente grinste hinterm Lenkrad.

»Ganz ehrlich, es wäre zu schön, um wahr zu sein, wenn er uns zu diesem Mädchen führen würde!«, brummte Hansen.

»Das stimmt, aber irgendwie bezweifle ich es.«

Bentes Handy klingelte und sie nahm den Anruf über die Freisprecheinrichtung an.

»Du glaubst nicht, wer gestern Nacht die Polizei gerufen hat! Also indirekt.«, rief Heike aufgeregt.

»Juliette Durand?«

»Woher weißt du das? Immer hinke ich hinterher!«, beschwerte Heike sich und seufzte theatralisch.

»Eingebung. Wir sind sind gerade Dreesen auf den Fersen. Vielleicht führt er uns zu ihr.«

»Dreesen, wieso das?«, fragte Heike verwundert.

»Er hat seltsam reagiert, als wir ihn nach ihr gefragt haben. Jetzt haben wir ihm eine Falle gestellt. Ich hoffe, das ist nicht nur ein Hirngespinst von mir!«

In Bentes Stimme schwangen Zweifel mit.

Sie wunderte sich, dass sie so offen mit ihrer jungen Kollegin sprechen konnte.

Warum ist das mit Anka nicht möglich? Da lege ich jedes Wort auf die Waagschale!

»Herr Markmann bewohnt mit seiner Frau eine Ferienwohnung im Nachbarhaus. Ich habe ihm das Foto vom Facebookprofil gezeigt und er hat sie zweifelsfrei identifiziert.«

»Also hat sie jemand anderen anrufen lassen, um unerkannt zu bleiben!«

»Aber warum?«

»Sie ist gerissen, das muss man ihr lassen!«, erwiderte Bente.

»Heike, bleib vor Ort und hör dich um, ob die anderen Bewohner sie auch gesehen haben. Und frag die Sellering. Die soll, laut Dreesen, ein Verhältnis mit Benno Larsen gehabt haben und wahrscheinlich hat sie ihn gestalkt. Konfrontiere sie ruhig damit. Mal sehen, wie sie reagiert und ob sie die Nerven behält!«

»Okay!«

»Heike?«

»Noch was?«

»Gut gemacht!«

»Danke, Brodersen!«

Eine Weile fuhren Bente und Hansen schweigend hinter dem Anwalt her, bis Hansen die Stille unterbrach.

»Sie frisst dir aus der Hand!«, brummte er.

Bente grinste ihn an.

»Ich mag sie. Gut, dass du mir n Schubs gegeben hast!«

»Weißt du, Brodersen, ich habe mir meine letzten Tage im Dienst anders vorgestellt, aber zumindest hab ich jetzt das Gefühl, dass mein Team bei dir in guten Händen ist.«

»Was ist los, Hansen? Wirst du auf den letzten Metern noch sentimental?«

Hansen grunzte ungehalten.

»Jedenfalls machst du das bis jetzt ganz ordentlich ...«

Seine Mundwinkel zuckten amüsiert.

»... für ne Frau!«

Bente lachte. Sie wusste, dass er ihr ein Kompliment gemacht hatte.

Wieder klingelte ihr Handy.

Noch bevor Bente ihren Namen sagen konnte, erklang ein panisches Keuchen aus den Lautsprechern der Freisprecheinrichtung.

Kapitel 23

Draußen über dem Wattenmeer brach die Sonne scharfe Lanzen durch die aufbrechende Wolkendecke.

Die zahlreichen Priele, in denen sich das Meerwasser gesammelt hatte, glitzerten im Sonnenlicht.

Wie winzige Schaufelbagger wühlten sich kleine Krebse durch den Schlick, um sich vor den gierigen Möwen zu verstecken, die wie ein Jagdgeschwader auf Beutezug waren.

Vom Dünenweg aus beobachteten zahlreiche Spaziergänger dieses Naturschauspiel, aber noch spannender für sie war das Großaufgebot der Polizei auf der rückwärtigen Seite.

Hunde rannten durch das Heidekraut und an dem kleinen Strandabschnitt ließ ein Vater mit seinem Sohn einen Drachen steigen, der sich wie ein bunter Wurm in der Luft wand.

Das kalte Augenpaar hinter dem großen Terrassenfenster bekam von alldem nichts mit. Leblos starrte es auf einen Punkt in der Ferne.

Ein halbes Dutzend Polizisten sperrte den Tatort und den Garten ab.

Bente hatte kurzentschlossen die Verfolgung von Dreesen abgebrochen, als sie Heikes panisches Schluchzen gehört hatte. Sie waren kurz vor Hörnum, als Hansen das Blaulicht aktiviert und Bente das Gaspedal durchgedrückt hatte. Mit Vollgas fuhr sie auf der schnurgeraden Straße, vorbei an der *Sansibar* und dem *Samoa Seepferdchen.* In Rantum bremste sie ab und drückte erst auf Höhe des Schullandheims wieder das Gaspedal durch. 17 Minuten nach Heikes Anruf erreichten sie den Tatort in Kampen.

»Wo ist sie?«, rief Bente, als sie aus dem Wagen stürmte.

Ein Kollege wies ihr mit der Hand die Richtung.

Heike stand breitbeinig, mit beiden Händen an die Hauswand gestützt, und übergab sich wieder und wieder.

Bente legte ihr eine Hand auf die Schulter. Sie hatte dies schon bei vielen Kollegen gesehen, bis sie sich irgendwann an den Anblick des Todes in all seinen Grautönen gewöhnt hatten.

Schluchzend drehte Heike sich um.

»Ich will so etwas nicht sehen!«

Tränen rannen über ihre Wangen.

»Ist schon gut!«, versuchte Bente, sie zu trösten.

»Nein, ist es nicht! Sie hat mich angestarrt und ich habe meine eigene Angst in ihren Augen gesehen!«

Die Erinnerung an ihre erste Leiche, die sie gesehen hatte, kam hoch und damit verbunden der Ärger über die dämlichen Sprüche ihrer Kollegen. *Du wirst dich dran gewöhnen.*

Bei der ersten Leiche isses am schlimmsten.

Is eben nix für ne zarte Frauenseele.

Insgeheim wünschte Bente sich, dass Heike sich nicht daran gewöhnen musste, allerdings wollte sie sie bereits jetzt, nach so kurzer Zeit der Zusammenarbeit, nicht missen.

Heike strahlte einen Frohsinn aus, der auf sie abfärbte.

Du bist egoistisch!

Sie sollte ihr ans Herz legen, die Abteilung zu wechseln, um nicht so ein emotionsloser Knochen wie sie selbst zu werden!

Bente geleitete sie zum Golf und drückte ihr Ulrikes Leine in die Hand.

Die Labradorhündin tänzelte in freudiger Erwartung um sie herum.

»Geh ein bisschen frische Luft schnappen und komm erst zurück, wenn du wieder einigermaßen auf dem Damm bist!«

Heike wollte protestieren, aber Bente legte sich den Zeigefinger auf die Lippen.

»Pssst, keine Widerrede, das ist ein Befehl!«

Schlurfend entfernte Heike sich, dann drehte sie sich noch einmal um.

»Danke, Brodersen!«

Bente winkte und machte sich auf den Weg zum Tatort. Die SpuSi war mittlerweile eingetroffen und wieder einmal war sie umgeben von weißen Papieroveralls.

Mit Betreten der Wohnung war sie wieder die sachlich orientierte Kommissarin und nahm jedes Detail auf. Die tote Lisa Sellering hing an einem Seil von der Decke.

»Hast du schon was für mich?«, wandte sie sich an Flackner, der die Leiche inspizierte.

Er war heute bereits zum zweiten Mal hier in Kampen und machte keinen Hehl daraus, dass er seinen Job an solchen Tagen hasste.

»Selbstmord, würde ich tippen, aber für mich sind das ein paar Todesfälle zu viel in so kurzer Zeit und so kurzer Entfernung.«

Bente nickte.

»Der Strick ist höchstwahrscheinlich vom gleichen Fabrikat wie der, mit dem Svea Larsen stranguliert wurde.«

Flackner wies auf den umgekippten Stuhl.

»Auf den hat sie sich gestellt und ihn dann mit den Füßen umgestoßen.«

»Und warum?«

»Soll ich jetzt etwa auch noch deinen Job machen? Das musst du herausfinden!«

Langsam drehte sie sich um die eigene Achse, ging in dem großzügigen Wohnzimmer herum und ließ den Tatort auf sich wirken.

»Hast du dich erhängt, Lisa Sellering? Oder wurdest du auch ermordet?«

Die ganze Wohnung wirkte aufgeräumt und die Einrichtung war ganz sicher teuer gewesen. Auf dem Tisch befanden sich eine Fernsehzeitung, eine Holzschale mit Lakritz und eine Vase mit Strandgras.

Bente betrat die angrenzende Küche. Auch hier war alles penibel ordentlich. Am Kühlschrank hing ein Zettel mit einer Einkaufsliste. Ein Bund Petersilie stand in einem Wasserglas auf der Arbeitsplatte.

»Brodersen, du solltest dir das mal ansehen!«

Hansen winkte ihr aus dem Schlafzimmer zu.

Bente ging zu ihm und registrierte die akkurat gefaltete Bettdecke, bevor ihr Blick auf das eingeschlagene Fenster fiel.

»Das waren unsere Kollegen! Die Tür ist von innen verschlossen gewesen. Auch keines der Fenster stand offen. Deswegen die Holzhammermethode!«, erklärte Hansen.

Er trug Latexhandschuhe und hielt einen Ordner in den Händen, den er jetzt auf das Bett legte und aufschlug.

Bente starrte entgeistert auf die Bilder.

»Das ist krank!«

Fotos von Benno Larsen und Juliette, Schnappschüsse aus allen möglichen Winkeln, teilweise stark herangezoomt. Auf einigen lachten sie, auf anderen sahen sie sich tief in die Augen.

Alle Fotos waren mit einem Kugelschreiber bekritzelt oder mit einem scharfen Gegenstand zerkratzt worden. Auf den Gesichtern befand sich entweder ein Kreuz oder sie waren durchgestrichen.

Bente blätterte angeekelt durch die Fotofolien.

Was hast du getan, Lisa Sellering?

Plötzlich stockte sie. Ein Foto zeigte Svea Larsen. Ihr Gesicht war weder zerkratzt noch durchgestrichen. Mit einem roten Filzstift war ein Strick um ihren Hals gemalt worden.

Flackner erschien in der Tür.

»Ich fahr schon mal ins Labor, erste Ergebnisse morgen früh. Im Bad haben wir das hier gefunden!«

Er hielt einen Plastikbeutel mit einer braunen Apothekerflasche in der Hand.

»Chloroform!«

Die Puzzleteile fügten sich zusammen und doch hatte Bente nicht das ganze Bild vor Augen.

»Flackner, das bedeutet Überstunden!«

»Ach, davon hab ich noch keine, das passt gut!« Er schüttelte den Kopf und rollte mit den Augen.

»Kannst du schon was zum Todeszeitpunkt sagen?«

»Muss ungefähr 12 Stunden her sein, mehr nach der Obduktion!«

Bente nickte ihm zu.

»Hat sie sich kurz nach den Morden an den Larsens erhängt?«

»Würde passen! Amokläufer richten sich ja auch oft selbst.«

Hansens sachlicher Ton tat ihr gut. Sie brauchte Abstand.

»Eifersucht und Beziehungsdramen sind das Mordmotiv Nummer eins.«, murmelte sie vor sich hin.

»Der Hass in einem Menschen muss gewaltig sein, wenn er immer wieder das Gesicht auf einem Foto zerkratzt. Das kann krankhafte Eifersucht sein! Aber warum Svea Larsen?«

Er stand vor den Fotos und führte Selbstgespräche.

»Was?«

»Ich frage mich, weshalb sie ihre Freundin Svea umgebracht hat, wenn doch ganz offensichtlich ihr Hass auf Benno Larsen und Juliette gerichtet war.«

Bente starrte ebenfalls auf die Fotos.

»Und warum nicht Juliette?«

Hansen zuckte mit den Schultern.

»Ärgerlich, dass wir Dreesens Verfolgung abbrechen mussten.«

Grummelnd stimmte Bente ihm zu.

»Sind die Nachbarn befragt worden?«

»Ja, keiner hat etwas Auffälliges gehört oder gesehen. Seit Bekanntwerden der beiden Todesfälle nebenan laufen hier massenweise Touris rum. Das erschwert die Situation natürlich.«

»Auf alle Fälle wissen wir, dass Juliette Durand gestern Nacht hier war!«

Heike stand in der Tür.

»Gehts wieder?«

»Danke, ja. Der Anblick hat mich wirklich umgeworfen.« Sie versuchte, zu grinsen.

»Ulrike habe ich draußen angeleint.«

»Okay, sie muss warten, bis die SpuSi fertig ist, sonst zerstört sie noch Spuren. Das kennt sie schon.«

»Wer auch immer dieses Au-pair-Mädchen ist, sie wird uns Rede und Antwort stehen müssen!«

Die Leiche von Lisa Sellering war bereits abtransportiert worden und Heike stellte sich an den Platz, wo der Strick von der Decke gehangen hatte.

»Unfassbar, dass sie sich das angetan hat. Wie muss es in ihr ausgesehen haben, dass Selbstmord ihr einziger Ausweg war?«

»Beziehungen bringen gleichermaßen Freud und Leid mit sich. Offensichtlich war sie psychisch krank und extrem eifersüchtig.«

Bente zeigte Heike den Ordner. Entgeistert starrte sie auf die Fotos, dann ließ sie sich auf das Sofa fallen und schloss den Ordner, als würde es sich um die Büchse der Pandora handeln.

»Wie hat sie das alles gemacht, wieviel Planung muss dafür notwendig gewesen sein?«

Ein lautes Magenknurren kam aus Heike Bauchgegend.

»Hunger?«

»Ich kann jetzt nichts essen!«

»Wenn ich sehe, welche Auswirkungen Beziehungstaten haben können, dann bleibe ich lieber allein!«

Heikes Augen füllten sich mit Tränen.

Bente warf Hansen die Autoschlüssel zu.

»Ich geh mit Ulrike zu Fuß, ihr könnt los, wir sind hier fertig!«

»Ich möchte noch einen kurzen Moment bleiben! Ist das okay?«, fragte Heike.

»Bist du sicher?«

»Ja, ich komme gleich nach!«

»Ich kann noch etwas bei dir bleiben…!«, schlug Bente vor, aber Hansen nahm sie am Arm und schüttelte wortlos den Kopf.

»Lass uns gehen, Brodersen!«

Kapitel 24

Bente saß mit ihrem Team im Besprechungszimmer und trug die Vorkommnisse in zeitlicher Abfolge vor, ohne sich in Mutmaßungen zu verlieren. Das brachte alle auf den aktuellen Stand und ihr half es, die Gedanken zu sortieren.

»Hat einer von euch noch was?«

Klemme räusperte sich.

»Torben Niemann hat angerufen. Offenbar hatte er sich überlegt, dass er sich vor der Polizei nicht verstecken wollte. Als er gehört hat, dass Svea Larsen und ihr Ehemann tot sind, ist er am Telefon zusammengebrochen. Es hat Minuten gedauert, bis er sich wieder im Griff hatte.«

Jemandem mitzuteilen, dass ein geliebter Mensch ermordet wurde, bedeutete für jeden Kollegen eine unbeliebte Aufgabe.

»Er sitzt bereits im Zug und müsste in einer Stunde auf der Insel sein.«

Klemme warf einen prüfenden Blick auf seine Armbanduhr.

»Hat er ein Alibi?«

»Äh..., hab ich jetzt nicht gefragt, aber er kommt ja her!«

Hansen rollte mit den Augen. Klemme war ne Marke für sich.

Kurz war Bente versucht, aus der Haut zu fahren, besann sich aber eines Besseren. Schließlich hatte Torben Niemann freiwillig angeboten, zu kommen. Er hatte aller Wahrscheinlichkeit nach nichts mit den Todesfällen zu tun.

Dennoch konnte sie sich eine Bemerkung nicht verkneifen.

»Klemme, was ist das wichtigste Indiz bei einem Mordfall, um einen Täterkreis einzugrenzen oder auszuschließen?«

»Das Alibi!«, antwortete er kleinlaut.

»Aber er hat so bitterlich am Telefon geweint, da hab ich es nicht übers Herz gebracht, ihn zu fragen.«

Für einen Augenblick herrschte Stille im Raum. Klemmes entwaffnende Offenheit zeigte, dass er ein mitfühlender Mensch war und Bente wusste, dass ein Polizist, egal, ob Streife oder Polizeipräsident, in allererster Linie Menschlichkeit mitbringen sollte.

Vielleicht war diese Dienststelle ein wahrer Glücksfall für sie und sie würde wieder zurück zu der Bente, die sie früher einmal war, finden. Mitfühlend und an das Gute im Menschen glaubend.

Sie grinste Klemme an.

»Das war umsichtig von dir!«

Klemme atmete erleichtert auf.

»Außerdem haben Timme und ich den Anwalt unter die Lupe genommen. Er hat eine reine Weste, wie zu erwarten. Noch nicht mal n Ticket wegen Falschparkens.«

Timme wischte mit dem Finger über sein iPad.

»Er ist unverheiratet, kinderlos und wohnt allein. Im Netz gibts nur positive Bewertungen über ihn. Offensichtlich ist er vor ein paar Jahren groß ins Bitcoingeschäft eingestiegen, hat damit Millionen gemacht, aber auch wieder verloren. Ob er aktuell in finanziellen Schwierigkeiten steckt, können wir nicht sagen.«

»Als Anwalt bist du immer so reich, wie deine Mandanten dich machen.«, brummte Hansen.

»Gibt es irgendwelche Infos aus seiner Jugend oder Studienzeit?«

Timme schüttelte den Kopf.

»Hat in Freiburg Jura studiert und mit summa cum laude abgeschlossen, spricht Englisch, Spanisch und Französisch fließend und hat sich vor knapp 5 Jahren in Hamburg niedergelassen.«

Klemme scrollte mit seinem Finger auf dem Display.

»Vorher hat er Spanien, England und Frankreich gelebt, in der Reihenfolge. Dort hat er jeweils in renommierten Kanzleien gearbeitet. Der ist sauber, vielleicht zu sauber.«

Timme beendete seinen kleinen Vortrag mit einem Schulterzucken.

Bentes Handy klingelte. Flackner.

»Warte, ich stell dich auf Lautsprecher.«

»Wir haben Blutproben von den Larsens genommen. Bei beiden konnten wir eine hohe Konzentration Chloroform nachweisen. Sprich, Benno Larsen ist definitiv nicht in dieses Heidegrab gestürzt, er war vorher schon bewusstlos!«

Für den Moment herrschte Stille.

»War eigentlich auch zu erwarten, nach dem Selbstmord von der Sellering. Benno Larsen hat seine Frau definitiv nicht umgebracht. Zu dem Zeitpunkt muss er schon tot gewesen sein.«

Flackners Ton war sachlich.

»Habt ihr schon etwas zu Lisa Sellering?«, fragte Bente.

»Die liegt noch nicht bei uns auf dem Tisch. Eins nach dem anderen! Übrigens, Brodersen?«

»Ja?«

»Wir machen hier nur deinetwegen Überstunden, damit dir das klar ist!«

»Ach hör doch auf, Flackner! Mein Mitleid hält sich in Grenzen! Wenn am Wochenende gemordet wird, dann sind wir eben alle im Dienst! Das bringt der Job mit sich.«

»Bei der Sellering gibts auf jeden Fall keine Ergebnisse vor morgen, wahrscheinlich erst übermorgen.«

»Okay!«

»Wie bitte? Habe ich ein okay gehört? So zahm kenne ich dich gar nicht!«

»Du mich auch, Flackner!«

Bente beendete das Gespräch, aber Flackners Lachen war noch zu hören gewesen.

Hansen grinste und als Bente ebenfalls grinste, löste sich die Spannung im Raum und Ulrike schlich sich zu dem Alten und ergatterte einen Hundekeks.

Die Spuren am Tatort, die Indizien und vor allen Dingen ein plausibler Tathergang ließ das Team letztendlich zu dem Schluss kommen, dass Lisa Sellering Benno Larsen und Juliette Durand über Wochen hinweg gestalkt haben musste, was die zahlreichen Fotos zu unterschiedlichen Jahreszeiten bewiesen.

Sie hatten den Strick bei ihr in der Wohnung gefunden, das Chloroform und die morbiden Fotos, die eindeutig auf ein Gewaltpotential hinwiesen.

Der Tathergang wies zwar noch einige Lücken auf, aber sie konnte sich mit Benno Larsen getroffen und ihn betäubt, erschlagen und in die Grube geworfen haben. Vielleicht hatte sie danach bei Svea Larsen geklingelt und war unter irgendeinem Vorwand von ihr hereingebeten worden.

Im Schlafzimmer existierten Spuren eines Kampfes, in dessen Verlauf sie ihr Opfer betäubt und dann mit dem Strick stranguliert haben konnte.

Bente und ihr Team schrieben die entsprechenden Notizen für den Bericht, ordneten die jeweils gesicherten Spuren und Indizien den Opfern und Tatorten zu.

Nach einigen Stunden, in denen ein Pizzabote 4 große Kartons gebracht hatte und dreimal neuer Kaffee aufgesetzt worden war, war der Bericht fertig.

»Sind alle damit zufrieden?«

Bente stellte ihre Frage neutral.

Heike und Hansen schüttelten gleichzeitig den Kopf.

»Welche Rolle spielt Juliette Durand dabei?«, fragte Heike und sprach damit aus, was auch Bente umtrieb.

»Seit der Aussage von Herrn Markmann wissen wir, dass sie lebt. Ohne ihn würden wir davon ausgehen, dass Lisa Sellering auch sie getötet hat und wir die Leiche irgendwann, irgendwo finden würden.«

»Sie ist schwanger. Vielleicht hat sie sich Sellering anvertraut und kalte Füße bekommen, als sie in den Plan eingeweiht wurde. Das würde auch den Notruf erklären.«, warf Timme ein.

Bente nickte beifällig.

»Könnte möglich sein!«

Es war die einzig logische Erklärung.

»Und sie meldet sich nicht bei uns, weil sie als Mitwisserin gelten würde und außerdem ihr Verschwinden mit der blutigen Strickjacke fingiert hatte. Sie wird sich auf keinen Fall den deutschen Behörden stellen wollen.«

Bente dachte nach.

»Da niemand weiß, wer sie in Wirklichkeit ist, kann sie, sobald sie erstmal von der Insel runter ist, zurück nach Frankreich und dort unbehelligt bis ans Ende ihrer Tage leben. Wir haben zwar Streifen am Bahnhof, die die Augen offenhalten, aber bei den Massen an Touristen wird es für sie ein Leichtes sein, aufs Festland zu kommen und für immer zu verschwinden.«

Bente sah in die Runde.

»Aber es gibt Dinge, die mich stören! Lisa Sellering machte auf mich einen übergriffigen, tratschsüchtigen Eindruck, aber ich hatte zu keiner Zeit das Gefühl, mit einer eiskalten Mörderin zu reden!«

»Selbstmord ist meist eine Handlung im Affekt, außerdem kann jemand wie die Sellering, die ein Ehepaar stalkt und es dann auch noch umbringt, nicht mit rationalen Maßstäben gemessen werden.«, bemerkte Klemme.

»Kann sein, aber ich blicke einfach nicht durch die Planung!«, nimmt Bente den Faden auf.

»Sie hat alles so perfekt geplant, von Beginn an so viele Details bedacht, über Monate Fotos und gemacht und es dann einfach darauf angelegt, es so aussehen zu lassen, dass Benno Larsen seine Frau umgebracht hat und danach tödlich gestürzt ist.«

»So ungefähr, ja!«, nickte Heike.

»Aber warum?«

»Was heißt, warum?«

»Warum hat sie sich so viel Mühe gegeben und ist so ein großes Risiko eingegangen, wenn sie sich letzten Endes selbst erhängt?«

»Wir wissen nicht, wie eine Mörderin tickt!«, sagte Klemme.

»Vielleicht ist sie nach der Tat zu sich gekommen und konnte mit den Schuldgefühlen nicht mehr leben? Wie gesagt, ich glaube nicht, dass sie ihren Selbstmord von vornherein geplant hatte.«

»Das alles befriedigt mich einfach nicht!«

Bente suchte Unterstützung bei Hansen, der ihren Blick mit einem Schulterzucken beantwortete.

»Ich glaube, da kommt Torben Niemann! Ich erkenne ihn von den Fotos auf den Wahlplakaten!«, rief Heike und wies zum Fenster, durch das sie einen Blick auf den Parkplatz hatte.

»Vielleicht bringt er Licht in die Angelegenheit und kann sogar etwas zu dem Au-pair-Mädchen sagen?«

Bente beendete die Lagebesprechung und Hansen drückte sich am Tisch vom Stuhl hoch.

»Auch wenn wir die mutmaßliche Täterin haben, ist Juliette Durants Rolle in diesem Fall vollkommen ungeklärt. So, wie es aussieht, steht die Chance, sie zu finden, nicht gerade hoch. Wie soll man da zufrieden sein?«

Er klang enttäuscht und missmutig.

»Da bleibt nur zu hoffen, dass das Karma sich irgendwann erinnert und sie ihre gerechte Strafe bekommt!«

Kapitel 25

Das Gesicht des Landtagspolitikers war von Trauer und Fassungslosigkeit gekennzeichnet.

Bente saß ihm gegenüber. Heike hatte ihm Kaffee angeboten, aber er wollte nichts zu sich nehmen.

»Ich habe sie immer vor Benno gewarnt!«

Seine Stimme brach.

Bente sah zu Heike und signalisierte ihr, keine Fragen zu stellen.

Torben Niemann war aufgebracht und wollte reden. Er würde mehr Informationen liefern, wenn er sich nicht von der Beantwortung ihrer Fragen leiten lassen konnte.

»Immer wieder habe ich sie gedrängt, ihn zu verlassen, aber sie wollte es langsam angehen lassen, wegen Jördis.«

Niemann brach in hemmungsloses Schluchzen aus.

Heike schob ihm eine Box mit Papiertüchern über den Tisch. Er schnäuzte sich und atmete tief ein.

»Ihr Mann war ein gefühlskalter Egoist! Ich glaube, er hat Svea nie geliebt. Allein die Verbindungen ihrer Familie waren für ihn interessant. Er hat sie benutzt, wie er alles benutzt und für seinen Vorteil verwendet hat. Oder hatte, er ist auch tot, oder?«

Bente nickte stumm.

»Immer wieder habe ich sie gedrängt, ihm von uns zu erzählen und einen Schlussstrich unter ihre Ehe zu ziehen, aber sie hatte Angst vor ihm. Das ging sogar so weit, dass sie grundsätzlich verkleidet zu unseren Treffen hier auf der Insel kam, um nicht erkannt zu werden. Im Grunde war es nur dem Au-pair-Mädchen zu verdanken, dass wir uns sehen konnten. Ich habe gelesen, dass sie gesucht wird?«

»Ja, haben Sie Juliette kennengelernt?«

Er schüttelte den Kopf.

»Und Jördis?«

»Leider auch nicht. Svea hatte Angst, dass die Kleine etwas vor ihrem Vater ausplappern würde. Sie hat die ganze Geheimniskrämerei ihretwegen veranstaltet. Jördis war das Wichtigste in ihrem Leben, so wie es bei einer Mutter sein sollte!«

»Aber diese Geheimhaltung war doch sicher auch in Ihrem Interesse? Ein Politiker mit einem Verhältnis zu einer verheirateten Frau wird nicht gern gesehen, oder?«

Er schüttelte den Kopf und Bente bemerkte seine Empörung.

»Meine Frau und ich leben seit einem Jahr getrennt und unsere Scheidung ist in zwei Wochen rechtskräftig. Die Liebe zu einer verheirateten Frau ist kein Rücktrittsgrund für einen Politiker!«

»Warum haben Sie sich am Freitag nicht, wie verabredet, mit Svea Larsen getroffen?«

»Ich wurde erpresst!«

Bente sah überrascht auf.

»Von wem?«

»Benno Larsen steckte bestimmt dahinter, da bin ich mir sicher.«

»Womit sind Sie denn erpressbar?«

Dieser Fall brachte immer neue Rätsel hervor.

»Ich bekam am Freitag Morgen einen Anruf, dass ich mich von Svea fernhalten soll. Ab sofort keinerlei Kontakt.«

»Aber nicht von Benno Larsen!«, sagte Bente.

»Nein, es war eine Frau, sie nannte ihren Namen nicht und der Anruf kam von einer unterdrückten Nummer.«

Wieder rannen Tränen seine Wangen hinab.

»Ich schäme mich so sehr, ich hätte mehr Rückgrat zeigen und zu ihr stehen müssen, aber ich bin eingeknickt.«

Die letzten Worte erstickten in seinem Schluchzen.

»Wie hätte ich wissen sollen, dass er sie umbringt?«

Sie hatten ihm natürlich nicht die neuesten Ermittlungsergebnisse mitgeteilt. Torben Niemann wusste nur aus dem Internet von den Ereignissen und hatte seinem Anwalt zum Glück nicht über seinen Besuch bei der Polizei informiert.

»Hatte die Frau einen Akzent?«

Er sah sie erstaunt an.

»Ja! Sie sprach einwandfreies Deutsch, aber mit französischem Akzent.«

Wieder Juliette Durand!

»Weshalb sind Sie eingeknickt?«

»Sie hat mir gedroht. Sollte ich mich weiterhin mit Svea treffen oder Kontakt zu ihr aufnehmen, würde sie meine Karriere zerstören.«

»Hat sie erwähnt, wie sie das anstellen wollte?«

»Kinderpornographie!«

Heike starrte Bente schockiert an und rückte ihren Stuhl unbewusst ein Stück von Torben Niemann weg.

»Wie kommt sie darauf?«

»Über das Darknet und einen guten Hacker sei es ein Leichtes, Kinderpornos auf meinen Rechner zu spielen und meine E-Mail-Adresse in einschlägigen Foren unterzubringen.«

Bente nickte. Sie kannte Kollegen aus der Abteilung im LKA in Kiel und hatte von solchen Fällen gehört.

Offenbar sagte er die Wahrheit und war kein Pädophiler.

»Wenn irgendein Name in Verbindung mit Kinderpornographie genannt wird, ist die Schuldfrage egal. Dann ist jede Karriere auf Lebenszeit zerstört!«

»Deshalb haben Sie die Forderung befolgt?«

Torben Niemann saß wie ein Häufchen Elend auf seinem Stuhl und schwieg.

»Ich habe sie verraten und jetzt ist sie tot!«

Er tat Bente aufrichtig leid.

»Ich muss Sie das fragen, wo waren Sie in der vergangenen Nacht?«

»Sie glauben, ich...?«, rief er verzweifelt.

Bentes Gesichtsausdruck blieb regungslos.

»Zuhause im Bett!«

»Kann das jemand bezeugen?«

»Ich lebe allein!«

»Also nein. Maik Dreesen ist Ihr Anwalt?«

»Ja, aber ich habe ihn noch nicht angerufen.«

»Woher kennen Sie Herrn Dreesen?«

»Keine Ahnung, er ist mir empfohlen worden. Ich war einmal bei einem Empfang in seiner Kanzlei eingeladen. Dort habe ich Svea kennengelernt.«

Bente betrachtete Niemann. Er war erst auf den zweiten Blick attraktiv, aber auf jeden Fall empathisch. Svea Larsen hatte mit ihm mehr Geschmack bewiesen als mit ihrem Ehemann.

»Haben Sie viel mit Maik Dreesen zu tun?«

Er schüttelte den Kopf.

»Nicht persönlich. Mein Sekretariat schickt ihm Verträge und manchmal hilft er bei Verhandlungen mit schwierigen Lobbyisten. Dreesen findet immer eine Lösung!«

»Ist das so?«

Niemann war mit den Gedanken bei seiner toten Geliebten. Die Fragen nach Dreesen hatte er zwar beantwortet, ihnen aber keine Bedeutung beigemessen.

»Die arme Jördis, was passiert jetzt mit ihr? Was für ein trauriges Schicksal für die Kleine.«

»Sie bleibt wahrscheinlich bei ihren Großeltern mütterlicherseits.«

»Was nützt das ganze Vermögen, wenn man keine Eltern mehr hat.«, murmelte er ergriffen und wieder füllten sich seine Augen mit Tränen.

Als Heike Torben Niemann hinausbegleitete, rief Flackner wieder auf Bentes Handy an.

»Das Blut auf der Strickjacke stammt nicht von einer Verletzung!«

»Moment, was?«

»Ich dachte, du würdest es gleich wissen wollen!«

»Klar!«

»Die Laboruntersuchung hat gezeigt, dass es sich um Menstruationsblut handelt!«

Bente stockte der Atem und wieder tauchte ein neues Puzzleteil auf.

»Wie kommt es auf die Strickjacke?«

»Du bist das Genie, aber für mich sieht es nach einer Finte aus!«

Kapitel 26

Mittlerweile neigte sich der Sonntagnachmittag dem Abend zu und Bente saß immer noch an ihrem Schreibtisch.

Zwei Hunderunden mit Ulrike an der frischen Nordseeluft hatten ihr nicht die erhoffte Klarheit gebracht.

Sie hatte die Kollegen nach Hause geschickt und den Bereitschaftsdienst für die Nacht übernommen. Schließlich blieb sie ohnehin in der Wache, da sie bei den Ereignissen, die sich nahtlos aneinandergereiht hatten, nicht dazu gekommen war, eine andere Bleibe zu suchen. Morgen würde sie ihr Apartment beziehen!

Ulrike suchte sich einen Platz. Sie drehte sich mehrmals im Kreis und ließ sich auf dem kleinen Teppichvorleger, der vor dem Schreibtisch lag, nieder.

Bente nutzte die Zeit, um sich in dem Büro einzurichten. In dem Containerbau war kein Platz für ein großzügiges Büro, aber der Bereich der Dienststellenleitung war abgetrennt und bot etwas Privatsphäre.

Hansen hatte die Wache mit einem kleinen Karton unter dem Arm verlassen. Er würde morgen vorbeischauen, um einen auszugeben.

Bente überlegte, wie sie sich ihren letzten Tag bei der Polizei wünschen würde.

Hansen war 40 Jahre bei dem Verein gewesen und würde morgen ohne großes Brimborium gehen. An einem Montag.

Bente hoffte, dass die Kollegen etwas vorbereitet hatten und eine kleine Feier stattfinden würde. Während sie darüber nachdachte, hörte sie die Tür ins Schloss fallen. Das konnte nur ein Kollege sein, alle anderen mussten am Wochenende anrufen oder den Klingelknopf drücken.

»Hallo? Irgendwas vergessen?«, rief sie von ihrem Schreibtisch aus.

Heike trat in ihr Büro und klatschte freudig in die Hände, als sie die Überraschung in Bentes Gesicht sah.

»Was machst du hier?«

»Bevor ich in meiner Mini-Wohnung allein rumsitze, kann ich genauso gut mit dir zusammen im Mini-Container rumsitzen!«

Bente war versucht, ihr nahezulegen, sie beim Vornamen anzusprechen, aber mittlerweile hatte sie sich fast an dieses Brodersen gewöhnt.

»Oder willst du lieber allein sein?«

»Nein, ich freu mich und Ulrike offensichtlich auch.«

Die Hündin scharwenzelte um Heike rum.

»Mir geht das Blut auf der Strickjacke nicht aus dem Sinn.«

»Wem sagst du das? Ich war zweimal am Strand spazieren und es lässt mich immer noch nicht los!«

Heike ließ sich auf einen der Bürostühle fallen.

»Und vor allen Dingen: wessen Blut ist das? Ihres kann es ja schlecht sein, sie ist schwanger.«

»Die Hinweise lassen nur einen Schluss zu. Einem Verbrechen wird sie nicht zum Opfer gefallen sein. Freitag hat sie Torben Niemann angerufen, Samstagnacht stand sie vor der Tür von Herrn Markmann und nun stammt das Blut gar nicht von einer Verletzung. Warum dann diese blutige Strickjacke in der Nähe des Larsenhauses?«

»Ohne diese Blutuntersuchung würden wir sie für tot halten, richtig?«

Heike nickte.

»Warum also will sie für tot gehalten werden? Wem bringt das was?«

Bente raufte sich die Haare.

»Zumal die echte Juliette Durand seit 5 Jahren tot ist.«

»Wenn wir es logisch betrachten, hat uns die blutige Strickjacke doch auf eine Spur gebracht.«

»Auf welche?«

»Vielleicht sollten wir die tote Juliette Durand finden?«

»Boah, das ist mir alles zu hoch. Lass uns morgen weiterdenken.«

Heike erhob sich gähnend.

»Bist du mit dem Rad? Wenn du magst, begleiten Ulrike und ich dich wieder nachhause.«

»Die Polizei, dein Freund und Helfer!«, strahlte sie Bente an und freute sich offensichtlich.

Als Bente in dem kargen Dienstzimmer im Bett lag und die blecherne Decke anstarrte, stupste Ulrike ihre Hand an. Sie wusste, wie sie sich ihre Streicheleinheiten abholte.

»Braves Mädchen, morgen ziehen wir endlich in unsere eigene Wohnung.«

Ulrike schnüffelte lautstark an ihrer Weste, die sie an den Bettpfosten gehängt hatte.

»Du riechst die Leckerli, nicht wahr? Wenn du nicht aufpasst, wirst du zu dick!«

Bente streckte sich, langte mit einer Hand nach der Weste und holte einen Hundekeks hervor.

Sie liebte es, wenn die feuchtglänzende Hundenase jede ihrer Bewegungen aufmerksam verfolgte.

Das ist es!

Wir werden an der Nase herumgeführt!

Kapitel 27

Bente saß mit einem Coffee to go am Strand und ließ sich von den ersten Sonnenstrahlen wärmen, während Ulrike die Möwen jagte.

Zu dieser frühen Stunde waren nur einige Hartgesottene am Strand, um ein Bad in der 10 Grad kalten Nordsee zu nehmen. Ulrike schloss sich ihnen an.

Einige der Morgenschwimmer freuten sich über Ulrikes Gesellschaft, aber Bente hörte auch ärgerliche Stimmen.

»Hunde sind hier verboten!«

»Man sollte die Polizei holen!«

Bente ignorierte sie einfach.

Ja, Hunde waren an diesem Strandabschnitt nicht erlaubt, aber es war früh morgens und außerdem war sie die Polizei. Punkt.

In der Wache schickte sie Ulrike sofort unter ihren Schreibtisch. Auch wenn es ihr nichts ausmachte, war der Geruch nach nassem Hund für die Kollegen vielleicht eine Zumutung.

Um 9 Uhr waren alle Kollegen der Wache Sylt versammelt, um den alten Hansen zu verabschieden. Witzige Reden und Anekdoten wurden vorgetragen und es gab belegte Brötchen. Dazu stießen sie mit Mineralwasser und Kaffee an.

Bente sah, dass Hansens Augen vor Rührung glänzten und freute sich für ihn.

»Versucht nicht, mir ein schlechtes Gewissen zu machen. Ich werde weder euch noch das Klingeln des Telefons vermissen! Schließlich heißt es RUHEstand!«, grummelte er hinter seinem Bart hervor.

»Und wehe, ihr ruft mich an und fragt dummes Zeug! Auch du nicht, Brodersen!«

»Da kannst du lange warten!«, frotzelte Bente.

»Hört mal alle her!«

Hansens Stimme donnerte durch die Wache und sofort war es mucksmäuschenstill.

»Ihr wisst, dass ich nie einen Hehl daraus gemacht habe, meine Meinung zu Frauen bei der Polizei kundzutun und ich hatte auch nicht vor, meine Ansicht zu diesem Thema noch zu ändern! Und nun folgt mir ausgerechnet eine Frau auf diesen Posten!«

Bente schluckte ihren Ärger herunter.

Das war also seine Art, sie als Nachfolgerin vorzustellen? *Toll! Danke dafür!*

»Aber so kann man sich täuschen!«, fuhr er fort. »Seit drei Tagen bin ich dabei, meine Ansicht zu überdenken!«

Der Ernst in seiner Stimme war nicht zu überhören und alle hörten ihm gebannt zu.

»Ganz langsam natürlich!«, fügte er lachend an.

»Brodersen, du bist genau richtig in diesem Verein!«

Damit prostete er ihr mit einem Augenzwinkern zu.

Dann holte er ein Leckerli heraus, hielt es Ulrike hin und murmelte:

»Vielleicht werde ich dich ab und zu hier besuchen.«

Kapitel 28

Die nächste Woche verging wie im Flug. Bente erledigte die anfallende Schreibarbeit, sprach einzeln mit allen Kollegen, um von deren Arbeitsalltag zu hören, und las sich durch die Akten.

Am Montagabend hatte sie mit Ulrike ihre Wohnung bezogen. Die Umzugsfirma war erst um 21 Uhr fertig mit dem Aufstellen des Bettes und Zusammenbau der Schränke gewesen, aber Bente hatte sich gefreut, nicht mehr in der Wache schlafen zu müssen.

Die folgenden Tage verbrachte sie den Feierabend mit Auspacken, Einräumen und Einkaufen.

Die Laborergebnisse hatten den vermeintlichen Tathergang bestätigt. Es passte alles zusammen und am Ende der Woche galt der Fall als gelöst und abgeschlossen.

Alle Fingerabdrücke, Fasern und DNA-Spuren passten zu Lisa Sellering als Täterin.

Bente war dennoch nicht zufrieden. Irgendetwas hatte sie übersehen!

Die Vermisstenanzeige von Juliette Durand lag in den Akten und würde irgendwann im Polizeiarchiv untergehen.

Am Freitagnachmittag tauchte Hansen unangemeldet und überraschend auf der Dienststelle auf.

Natürlich wurde er am freudigsten von Ulrike begrüßt, für die er eine halbe Frikadelle mitgebracht hatte.

»Na, Hansen, Sehnsucht?«

Heike begrüßte ihn kurz und knapp, konnte aber ihre Freude über seinen Besuch nicht verbergen.

»Ist das ein Kontrollbesuch?«, fragte Bente und grinste ihn fröhlich an.

»Ich sagte doch, ich werde Ulrike ab und an besuchen!«, lachte er.

»Aber ich bin tatsächlich dienstlich hier! Mich hat vorhin ein alter Schulfreund angerufen.«

»Ich wusste nicht, dass es noch Überlebende gibt!«

Heike freute sich über ihren Witz wie ein Honigkuchenpferd.

»Vorsicht, Röder! Hat dir niemand Respekt vorm Alter beigebracht?«

Genau diesen trockenen Humor liebte Bente.

»Er möchte eine Aussage machen, aber da ich nicht mehr im Dienst bin, habe ich ihn an dich verwiesen, Brodersen. Er muss jeden Moment...«

In diesem Augenblick betrat ein Mann die Wache.

»Hinnerk, was brauchst du so lang?«, stichelte Hansen.

»Ich wohne eine Straße weiter als du, da kann ich auch nach dir hier aufschlagen!«

»Das ist Hinnerk, Dr. Hinnerk Jörgens.«

Bente sah die beiden frotzelnden Rentner an.

»Brodersen, worum gehts?«

»Ich bin Urologe und habe eine Praxis in List. Nur Privatpatienten!«

»Wieso behandeln sie keine Normalbürger?«, fragte Bente angriffslustig.

»Normalbürger sind mir einfach zu arm!«

Er sagte das, ohne den Blick von ihr zu wenden. Bente starrte zurück.

»Es gab leider keine Kassenzulassung für einen weiteren Urologen auf der Insel. Deshalb hatte ich keine andere Wahl.«

»Du Armer!«, bedauerte Hansen ihn augenrollend.

»Könnten wir zum Punkt kommen?«

Bente hatte genug von dem Geplänkel.

»Siehst du, ich hab ja gesagt, die ist schlimmer, als ich je war!«

Hansen zwinkerte seinem Freund zu.

»Entschuldigen Sie, Frau Brodersen. Ich habe gehört, dass Larsens vermisstes Au-pair-Mädchen schwanger sein soll, stimmt das?«

Bente warf Hansen einen bösen Blick zu.

»Das sind Ermittlungsdetails, die nicht für die Öffentlichkeit bestimmt sind!«

»Sieh mich nicht so an, Brodersen, ich wars nicht!«

Hansen hob die Hände.

»Das stimmt, ich habe das Gerücht in der Praxis gehört.«

»Welches Gerücht genau?«

»Dass Benno Larsen sein Au-pair-Mädchen geschwängert haben soll. Deshalb habe ich mich entschlossen, meine ärztliche Schweigepflicht in diesem Fall zu brechen und eine Aussage zu Protokoll zu geben.«

»In welchem Fall?«

»Benno Larsen. Er war mein Patient und ich habe bei ihm vor drei Jahren eine Vasektomie vorgenommen.«

Bente stand der Mund offen. Für den Moment war sie sprachlos.

»Das ist, wenn beim Mann...«, erklärte Hansen.

»Ich weiß, was eine Vasektomie ist, Hansen!«, unterbrach sie ihn barsch.

»Er hatte um absolute Diskretion gebeten, nicht mal seiner Frau wollte er davon erzählen, aber viele Männer hüten ihre Sterilisation wie ein Staatsgeheimnis.«, fuhr Jörgens fort.

»Das bedeutet, Juliette Durand kann nicht von Benno Larsen schwanger sein!«

»Korrekt!«

Bente schüttelte unwirsch den Kopf.

»Danke, Dr. Jörgens! Meine Kollegin nimmt Ihre Aussage auf, Hansen zeigt Ihnen den Weg.«

Ulrike bekam ein letztes Leckerli und die Männer verschwanden.

Das ergibt alles keinen Sinn!

Wer sonst könnte der Vater sein?

Die Fotos von Lisa Sellering waren eindeutig, oder?

Als Hansen und Jörgens die Wache verlassen hatten, rief Bente Heike zu sich.

»Warum sind wir davon ausgegangen, dass Benno Larsen der Vater des Kindes ist?«

»Weil wir die Fotos haben und sowohl Dreesen als auch Niemann von seinen Affären gesprochen haben. Dazu der aktuelle Teststreifen in ihrer Wohnung im Larsenhaus und ihr Verschwinden – das passte einfach alles!«

»Er selbst hatte es abgestritten und seine Frau hatte es auch nicht geglaubt. Weshalb haben wir es dann geglaubt?«

Heike rief auf dem Rechner den Ordner mit den Fotos auf und ließ die Diashow ablaufen.

Bente setzte sich neben sie vor den Bildschirm.

Alle Fotos, die die beiden zusammen zeigten, waren, objektiv betrachtet, harmlos. Auf keinem war zu sehen, dass Zärtlichkeiten ausgetauscht wurden. Kein Kuss, keine Umarmung.

»Nur, wenn man weiß, dass sie schwanger ist und die Aussagen über die Affären Benno Larsens damit in Verbindung bringt, wird aus den Fotos eine traute Zweisamkeit, die nüchtern betrachtet gar nicht vorhanden ist!«

»Wir werden an der Nase herumgeführt!«, murmelte Bente leise vor sich hin.

»Aber von wem und warum?«

»Vielleicht von Juliette Durand! Sie hat uns von Anfang an hinters Licht geführt. Sie muss ein Motiv haben!«

Bente nahm ihr Handy und wählte die eingespeicherte Nummer des *Cropinos*.

»Brodersen, einmal die Nummer 13, wie üblich!«

Schon nach einer Woche war sie Stammkundin beim Pizzadienst. Bei den Kollegen galt sie als Pizzajunkie.

Heike sah sie erstaunt an.

»Es wird ne lange Nacht, ich suche das Motiv, das muss hier irgendwo in den Akten versteckt sein, ich habs nur nicht erkannt.«

»Ich nehme die 7! Wir suchen zusammen!«

Bente drückte auf Wahlwiederholung.

»Und die 7!«

Kapitel 29

Es war weit nach Mitternacht, als Heike und Bente die Wache unverrichteter Dinge verließen.

Sie hatten wirklich alles auf den Prüfstand gesetzt. Ohne Erfolg!

Jede Aussage war gelesen, jedes Beweisstück begutachtet worden. Sie waren die Ergebnisse der Spurensicherung durchgegangen, hatten den Tathergang noch einmal rekonstruiert und sogar eine Zeitachse auf dem Clipboard erstellt, um zu überprüfen, ob sie die Abfolge der Ereignisse richtig zusammengesetzt hatten.

Alles war schlüssig und nachvollziehbar, bis auf die Rolle des französischen Au-pair-Mädchens und den Fund der Strickjacke mit dem eingetrockneten Menstruationsblut.

Ihre Schwangerschaft, ihr Telefonat mit Torben Niemann und ihr nächtliches Auftauchen bei Herrn Markmann, um die Polizei zu rufen.

Die Pizza war über die Arbeit kalt geworden, was beide nicht gestört hatte.

Mit dem unbefriedigten Gefühl, etwas übersehen oder in diesem Fall als Polizistin tatsächlich verloren zu haben, hatte

Bente die Nachtschicht beendet, Heike mit Ulrike zu ihrer Wohnung begleitet und schließlich ihre eigene Wohnung erreicht.

Als sie sich angezogen auf das Bett legte, fiel sie in einen leichten Dämmerschlaf.

Unruhig warf sie sich im Schlaf hin und her und erwachte schweißgebadet.

Offensichtlich musste sie im Schlaf gestöhnt haben, denn Ulrike stand schwanzwedelnd vor ihrem Bett und leckte beschwichtigend ihre Hand.

Ein Griff zum Handy verriet ihr die Uhrzeit. Es war 3:28 Uhr!

Über dem Icon der Mail-App leuchtete ein kleiner, roter Kreis mit einer 2 darin.

Eine Spammail über Penisverlängerung löschte sie ungelesen.

Die zweite Mail war von Constantin Wissner aus Frankreich.

Er hatte ihr die Akte von Juliette Durand aus dem Krankenhaus in Lyon gemailt.

Bente rieb sich den Schlaf aus den Augen und öffnete die Datei.

Sie begann den Bericht zu lesen und verfluchte ihr mangelhaftes Schulfranzösisch.

Einige Vokabeln musste sie googeln und es dauerte einige Zeit, bis sie sich zum Ende des Berichts durchgearbeitet hatte.

Dem Bericht zufolge war Juliette Durand mit dem Fahrrad gestürzt und so unglücklich gefallen, dass das fast sieben Monate alte Baby in ihrem Bauch gestorben war. Sie hatte ihr Kind tot zur Welt bringen müssen.

Einen Tag später hatte man sie erhängt in ihrem Krankenzimmer aufgefunden.

Bente fröstelte. Plötzlich traten ihr Tränen in die Augen und sie unterdrückte ein Schluchzen. Spontan schrieb sie eine Whatsapp an Anka.

Du bist das Beste, was ich je zustandegebracht habe! Ich liebe dich.

Ihre Gedanken schweiften zu ihrer eigenen Schwangerschaft und Ankas Geburt. Auch wenn das Verhältnis zu ihr momentan schwierig war, so waren die Jahre mit ihr die schönsten ihres Lebens. Sie fragte sich, ob und wann Anka eine eigene Familie gründen würde.

Ein Pling wies auf den Eingang einer Whatsapp hin und Bentes Magen krampfte sich zusammen.

Sie hätte nicht schreiben sollen, schon gar nicht mitten in der Nacht!

Sie rief die Nachricht auf.

Danke! Das liest sich gut!

Bente traten Tränen in die Augen. Das war das Netteste, was sie in den letzten Jahren von Anka gehört hatte! Die Frustration über ihre schlechte Beziehung zueinander hatte Bente eine depressive Phase beschert, aus der sie erst herausgefunden hatte, als sie sich nicht mehr bei Anka gemeldet hatte. Es hatte ganze 3 Monate gedauert, bis eine Nachricht von ihr gekommen war, aber mittlerweile sprachen sie einmal im Monat miteinander oder trafen sich zum Essen, aber immer war Anka diejenige, die sich meldete. Bente hatte diese Regel jetzt gebrochen und das war offenbar nicht schlimm gewesen!

Fröhlich nahm sie sich den Bericht wieder vor und erstarrte.

Ihre Augen waren auf eine Zeile ganz am Ende fixiert. Dort stand ein Name.

Binnen einer Millisekunde saß sie aufrecht im Bett und spürte, wie das Blut in ihren Adern pochte und ihr Herz raste.

Keine drei Minuten später startete sie ihren Bulli und wählte Heikes Nummer.

Verschlafen meldete sie sich nach dem sechsten Klingeln.

»Ich hol dich in 5 Minuten ab. Ich hab was gefunden!«

13 Minuten später stand Bentes Bulli auf dem Autozug nach Niebüll. Sie hatten den ersten Zug um 5 Uhr aufs Festland genommen.

Kapitel 30

Jetzt spann mich nicht auf die Folter, Brodersen. Erzähl schon!«

Hansens Stimmung kippte.

»Tja, Hansen, das sind Ermittlungsergebnisse, die noch nicht für die Öffentlichkeit bestimmt sind.«

Bente genoss es sichtlich, ihn zappeln zu lassen.

Seit sie am frühen Abend zurück auf der Insel waren, hatten sie alle Hände voll zu tun, den Bericht zu schreiben.

Natürlich hatte es nicht lange gedauert, bis Hansen von der Sache Wind bekommen hatte, und nun saß er vor seinem ehemaligen Schreibtisch und war kurz davor, zu betteln.

»Nun komm schon Brodersen, ich kriegs ja sowieso raus!«

Er startete den Versuch, ein Gewinnerlächeln aufzusetzen, der jedoch misslang.

»Ja, aber von mir ist es aus erster Hand!«, lachte sie.

»Ich werde allen Pizzadiensten auf der Insel untersagen, an dich zu liefern!«

»Damit hast du sie!«, flüsterte Heike ihm, für Bente hörbar, zu.

»Schon gut, Hansen, auch wenn wir hier Späße machen, die ganze Sache ist wirklich nicht lustig! Wir sind mit dem ersten Zug aufs Festland, haben gleichzeitig um Amtshilfe bei der Hamburger Kripo ersucht und kurz vor sieben standen wir bei Dreesen vor der Tür.«

»Dreesen also? Wir seid ihr auf ihn gekommen?«

»In der Patientenakte von Juliette Durand, also der echten, stand sein Name. Er war als Notfallkontakt eingetragen.«

»Moment mal, du liest morgens um halb vier deine Mails?«

»Vergiss es, Hansen! Ich will nicht über meine Bettgepflogenheiten sprechen!«

»Okay, weiter!«

»Dreesen hat uns die Tür im Bademantel aufgemacht und mir war sofort klar, dass wir den Jackpot geknackt hatten. Er sah mich mit einer Mischung aus Verzweiflung, Überraschung und Schuld an, sagte aber kein Wort, außer....?«

»Ich will mit meinem Anwalt sprechen?«

»Korrekt! Wir haben die Wohnung durchsucht und Bilder von ihm und Juliette Durand gefunden. Dreesen hat damals in einer Kanzlei in Lyon gearbeitet. Da haben sie sich kennengelernt. Es war sein Kind, was bei dem Sturz ums Leben kam.«

»Was war das für ein Unfall?«

Hansen hing an ihren Lippen.

»Im Krankenhaus hatte sie angegeben, dass sie wegen eines Tritts des Babys einen Schlenker gemacht hatte und vor ein Auto gefahren war. Ihr war nichts passiert, aber als sie weitergefahren war, hatte sie festgestellt, dass Blut an ihren Schenkeln hinabgelaufen war. Sie war sofort ins Krankenhaus gefahren.«

»Und der Wagen war der von Benno Larsen, richtig?«

Bente nickte.

»Als ich las, dass sie sich im Krankenzimmer nach der Totgeburt erhängt hatte, passte plötzlich alles zusammen!«

»Schrecklich!«, seufzte Heike.

»Hat er gestanden? Und wer ist das Au-pair-Mädchen?«

»Dreesen hat bis jetzt noch kein Wort gesagt. Er ist dem Haftrichter vorgeführt worden und wird wahrscheinlich nach Flensburg verlegt. Als wir ihn abführten, tauchte Juliette Durands Schwester Sophie in Joggingklamotten vor der Tür zu Dreesens Wohnung auf. Sie ist das Au-pair-Mädchen und hat sofort ein umfassendes Geständnis abgelegt.«

Bente dachte an die junge Sophie Durand.

Ihre Eltern waren bei einem Flugzeugabsturz ums Leben gekommen, als sie 13 Jahre alt war. Die gerade volljährige Schwester Juliette hatte die Vormundschaft beantragt und auch erhalten, da die Großeltern früh verstorben waren. Das Verhältnis der beiden Vollwaisen zueinander war eng und einzigartig gewesen. Der tragische Unfall hatte Sophie allein zurückgelassen. Lediglich bei dem Freund ihrer Schwester, Maik Dreesen, hatte sie Trost in Form von Rachegedanken gefunden.

»Maik Dreesen hat ihre Wut und Rachegelüste genutzt, um sie als Komplizin zu gewinnen. Er hat sie als Au-pair-Mädchen bei den Larsens eingeschleust und alles vorbereitet. Von den Fotos, die übrigens ohne den Kontext einer Affäre vollkommen unverfänglich und harmlos sind, bis hin zu dem Schwangerschaftstest.«

»Dann ist sie von Maik Dreesen schwanger? Das ist doch krank!«

Hansens Weltbild schien einmal mehr ins Wanken zu geraten.

Bente schüttelte den Kopf.

»Sie ist nicht schwanger und hat ausgesagt, lesbisch zu sein. So, wie Benno Larsen es uns berichtet hat.«

»Und wie ist der positive Test zustande gekommen?«

»Du erinnerst dich an den Einbruch in die Gemeinschaftspraxis von vorletzter Woche?«

Hansens Augen wurden groß.

»Sophie hat ausgesagt, dass sie in den Räumen des Gynäkologen einfach mehrere Teststreifen in die Urinproben, die im Kühlschrank aufbewahrt wurden, getaucht hatte. Als sie einen positiven Test hatte, war sie wieder gegangen.«

»Die Planung, mit der das alles vorbereitet wurde, macht die Tat umso grausamer.«

»Alles zielte darauf ab, uns davon zu überzeugen, dass Lisa Sellering einen plausiblen Grund hatte, die Larsens umzubringen und sich dann aus Verzweiflung selbst zu erhängen. Das war der Plan.«

Heike übernahm es nun, Hansen ins Bild zu setzten.

»Sophie hat ausgesagt, dass Dreesen von Benno Larsens Affäre mit Lisa Sellering wusste. Er hatte sie zufällig in Hamburg getroffen und sie war am Boden zerstört gewesen, weil Larsen sie abserviert hatte. Dreesen versicherte ihr, dass sein Freund Benno die Trennung ebenfalls bereue und vermittelte ihr die Wohnung im Nachbarhaus in Kampen.«

»Und warum der falsche Pass?«

»Das war tatsächlich ein Alleingang von Sophie. Sie hatte ihn als Andenken behalten und wollte quasi als ihre Schwester Rache nehmen. Dreesen hatte wohl getobt, als er davon erfahren hatte.«

»Und Benno Larsen war der Fahrer damals in Lyon?«

»Das wissen wir nicht! Es gibt keine Polizeiakte und wahrscheinlich hat es sich wirklich um eine tragische, aber nicht ersichtliche Verletzung bei Juliette Durand gehandelt. Ich bezweifle sogar, dass die Larsens überhaupt etwas von den Folgen des Unfalls wussten.«

»Und woher wusste Dreesen, dass es Larsens Auto war?«

»Benno Larsen hatte ihm Monate später bei irgendeiner Gelegenheit erzählt, dass ihm bei dem Urlaub in Lyon mal eine bekiffte Frau vors Auto geradelt sei und seinen Rat als Anwalt gesucht. Von da an hatte er seine Rache geplant. Für ihn waren die Schmerzen von Juliette, die ihr totes Kind hatte zur Welt bringen müssen und danach Selbstmord begangen hatte, tief in ihm verwurzelt. Er war die ganze Zeit bei ihr im Krankenhaus gewesen und als er vor Erschöpfung an ihrem Krankenbett eingeschlafen war, hatte sie sich erhängt. Er muss sie gefunden haben, als er aufwachte.«

Hansen setzte sich in seinem Stuhl zurück und strich verwundert über seinen Bart.

»Seine Emotionen hatte er jedenfalls gut hinter seinem Anwaltsgesicht verborgen gehalten!«

Bente reagierte trocken und verhalten. Sie konnte sich nicht ansatzweise vorstellen, was Dreesen im Krankenhaus hatte durchmachen müssen.

»Danach habe ich mir die Testamente der Larsens vorgenommen. Wie erwartet, erbt die Tochter alles, aber Dreesen hat Svea vor 7 Monaten irgendwie dazu gebracht, ihn als gerichtlichen Vormund für Jördis zu bestimmen. Bis zu ihrer Volljährigkeit hätte er Zugriff auf ein gewaltiges Vermögen gehabt. Ich bin mir sicher, dass er in finanziellen Schwierigkeiten steckt und sein Motiv, neben der Rache auch Habgier war.«

»Das heißt, die Sellering ist tatsächlich nur ein Bauernopfer gewesen, um die Morde als Beziehungstaten darzustellen? Das ist an Skrupellosigkeit kaum zu überbieten!«

Hansen seufzte.

»Er wäre beinahe damit durchgekommen, aber wir haben ihm einen Strich durch die Rechnung gemacht!«, rief Heike und klatschte zufrieden in die Hände.

»Ich habe doch gesagt, Hansen. Ich stelle Mörder!«

Bente sah ihn an und wartete. Sie mochte ihn und hatte Respekt vor seiner Arbeit, aber er hatte etwas vergessen. Hansen hielt ihrem Blick stand und sie bemerkte den Schalk in seinen Augen.

»Die Strickjacke fehlt noch!«, brummte er.

»Ich dachte schon, du kämst nie drauf, Hansen!«, grinste Bente erleichtert.

»Die Jacke hatte Juliette bei dem Unfall getragen und das Blut stammte von ihr. Sophie hat ausgesagt, dass sie die Jacke in die Heide gelegt hatte, in der Hoffnung, dass Svea und Benno Larsen sich erinnern würden. Sie sollten Angst bekommen und im Angesicht des Todes wissen, weshalb sie sterben würden. Zudem hatte sie das Brotmesser auf den Tisch im Kinderzimmer gelegt, um sicherzustellen, dass Svea Larsen die Polizei rufen würde. Sie hat bei Torben Niemann angerufen, damit Svea frühzeitig nachhause fahren würde. Es war ihr wichtig, dass die kleine Jördis nicht länger als eine viertel Stunde allein war. Und als Dreesen sie im Auto zurückgelassen hatte, um nach Benno auch Svea zu ermorden, ist sie zum Nachbarhaus gerannt und hat für den Notruf gesorgt.«

»Gewissensbisse?« hakte Hansen skeptisch nach.

»Offenbar spielte auch dabei ihre aufrichtige Sorge um Jördis eine Rolle. Sie wollte in letzter Sekunde verhindern, dass die Kleine zur Vollwaisin wird. Das ist total psycho, aber irgendwie auch nachvollziehbar. Für Sophie war der Unfall ihrer Schwester lebenszerstörend, aber die Larsens hatten einfach keine Ahnung. Sie sind gestorben, ohne ihre Rolle in dieser Tragödie zu kennen.«

»Gut gemacht, Brodersen!«

Bente stand auf und stellte sich ans Fenster. Die Aussicht war trostlos und genauso fühlte sie sich.

Drei Leichen, sinnlos ermordet.

Ein kleines Mädchen, Vollwaise.

Eine junge Frau, ebenfalls Vollwaise und Mitwisserin dreier Morde.

Das Fazit war niederschmetternd.

Sie spürte Ulrikes Zunge an ihrer Hand und straffte die Schultern, bevor sie sich umdrehte.

»Heike, hast du Lust auf eine Hunderunde?«

ENDE

DANKE

Ich freue mich, wenn Bente Brodersen und ihr Team Ihnen ein paar spannende Stunden bescheren konnten.

Wenn Ihnen die Geschichte um die friesische Hauptkommissarin auf Sylt gefallen hat, freue ich mich über eine Bewertung bei der Plattform, wo sie dieses Buch erworben haben.

Ein großes DANKESCHÖN gilt all denen, die sich die Zeit nehmen, ein paar Worte zu schreiben.

Und wenn Sie Lust verspüren, empfehlen Sie mich doch weiter oder teilen Sie den SYLT-KRIMI auf Facebook, Instagram, etc ...

Wenn Sie wissen möchten, wie es weitergeht mit Bente Brodersen auf Sylt? Spannend natürlich!

Folgen Sie mir, KRINKE REHBERG und lassen Sie sich sofort über Neuerscheinungen informieren.

Vielen Dank und alles Liebe

Verpassen Sie keine Neuerscheinung.
Einfach im Newsletter eintragen:
www.krinkerehberg.com

Lesen Sie weiter ...

Kapitel 1

Ich hab was gehört!«

Annika drückte Sven im Wasser von sich weg und sah sich mit hektischen Schwimmbewegungen um.

In der Vollmondsommernacht hatten sie ihre Kleidung im Sand am FKK-Strand liegen lassen und waren hinausgeschwommen.

»Was wird das schon gewesen sein? Der Wind, die Wellen oder vielleicht ein Seehund?«

Sven schwamm wieder zwei Züge auf sie zu und versuchte, ihren nackten Körper mit seinem zu umklammern.

Nacktbaden im Sommer am Strand war eines der Highlights am Sylter Campingplatz in den Sommerferien.

»Mir wird langsam kalt, lass uns zurückschwimmen!«

Ihre Stimme klang nervös und plötzlich überlief sie von Kopf bis Fuß eine Gänsehaut.

Mit kräftigen Bewegungen stieß sie sich erneut von Sven ab und schwamm mit weitausholenden Zügen in Richtung Strand.

»Annika, warte!«

Er kraulte hinterher und bekam einen Fuß zu fassen.

»Hier draußen ist nichts! Nur wir zwei, das war doch der Plan!«

»Der Plan hat sich geändert.«

Sie stieß ihn mit ihrem Fuß weg.

Auf einmal war die Hitzewallung, die Aufregung, das erotische Prickeln, das sie eben noch verspürt hatte, verflogen.

Wind und Wellen waren für die Nordsee in dieser Nacht ausgesprochen ruhig und Annika konnte im Mondlicht den Strand aufblitzen sehen.

Ihr war gar nicht bewusst gewesen, dass sie sich so weit vom Ufer entfernt hatten. Sofort spürte sie ihren Puls hämmern.

»Lass mich und wehe, du fasst mich noch einmal unter Wasser an!«

Plötzlich kam es ihr seltsam vor, dass Sven sie so weit mit rausgenommen hatte. Wenn sie ihre nackten Körper gegenseitig unter Wasser erforschen wollten, hätten sie sowieso in einem Bereich bleiben sollen, in dem sie stehen konnten.

Sven kraulte durch die Wellen und überholte sie. Mit einem Mal wirbelte er herum. Annika sah in dem Mondlicht seine aufgerissenen Augen und sein kreidebleiches Gesicht.

»Da ist etwas!«

Seine Bewegungen wurden hektischer. Er drehte sich mit heftigem Armrudern um die eigene Achse.

»Mich hat was berührt!«

Panisch schrie Annika:

»Was war es?«

Ihre Stimme klang schrill wie eine kreischende Möwe.

Sie zwang sich zur Ruhe. Es konnte nicht mehr weit zum rettenden Ufer sein. Jetzt bereute sie die Idee, mit dem gutaussehenden, blonden Sven, nackt in der Nordsee zu baden.

Aber andererseits, wie oft war sie schon zum Nachtbaden gegangen? Das war beinahe ein Ritual, das jedes Jahr wieder unzählige Jungen und Mädchen vom Campingplatz zusammenbrachte.

Sie wollte nur noch ans Ufer und dann spürte sie es auch.

Etwas strich an ihrem Unterschenkel entlang. Etwas Großes, das war kein Stück Seetang oder Treibholz. Es hatte sich weich und lebendig angefühlt.

Ein spitzer, schriller Schrei hallte übers Wasser und Annika war selbst überrascht davon, ihre Stimme zu hören.

Sie schluckte salziges Meerwasser und hustete es wieder aus.

Ein wirrer Gedanke durchzuckte sie. Konnte das alles vielleicht nur ein dummer Scherz von Sven sein?

»Sven? Da ist etwas im Wasser!«, keuchte sie.

»Ich weiß!«, flüsterte er ängstlich und starrte sie voller Entsetzten an.

»Vielleicht ein Seehund!«

Svens Stimme klang wenig überzeugend.

Annika schluckte wieder Wasser. Die Angst lähmte ihre Arme und Beine und plötzlich fühlte sie sich wie eine Nichtschwimmerin im großen Becken.

»Ich will ans Ufer... Ahhhhh!«

Wieder spürte sie etwas, diesmal ganz deutlich an ihrem Oberschenkel.

Das ist nicht irgendetwas, sondern irgendjemand!

Vor Schreck hielt sie die Luft an und japste.

Der Strand war nun ganz dicht vor ihr.

Aus den Augenwinkeln erkannte sie Sven, der neben ihr schwamm. Zumindest das gab ihr etwas Zuversicht.

Dann griff etwas im Wasser nach ihr. Sie spürte es ganz deutlich. Erst in ihrem Schritt und dann strich es an ihrem Po entlang.

Sie trat und schlug panisch um sich.

Verzweifelt griff sie nach Sven, klammerte sich an ihn und hoffte, er möge sie mit ans rettende Ufer nehmen.

Ihr Kopf tauchte unter, wieder und wieder. Das Wasser suchte den Weg in ihre Lungen.

»Sven! Hilfe!«

Fest hielt sie ihn umklammert, als irgendwann ihre Füße den rettenden, sandigen Grund berührten. Mit der nächsten Welle schwappte sie ins knietiefe Wasser.

Immer noch hielt sie ihn fest, wollte nicht loslassen und begann, hysterisch zu lachen und zu weinen.

»Lass mich nicht los, Sven!«, kreischte sie schrill.

»Annika, ich bin hier!«, hörte sie seine Stimme hinter sich.

Verwundert öffnete sie die Augen und sah Sven im Mondlicht am Strand stehen.

Wen hielt sie dann fest, oder hielt jemand etwa sie fest?

Im Schein des Mondes starrte sie auf den blassen und aufgedunsenen Körper der leblosen Frau mit Haaren, die wie verschimmelte Spaghetti an ihr herabhingen.

Als ihr bewusst wurde, dass sie sich an einer Leiche festgeklammert hatte, stieß sie einen markerschütternden Schrei aus.

Geschockt löste sie sich von dem leblosen Körper und übergab sich wieder und wieder in die nächtliche Nordsee.

Kapitel 2

19 JAHRE ZUVOR

Der eisige Novemberwind strich über die Dünen und betäubte ihr Gesicht.

Viel zu früh hatten sie geheiratet und jetzt übten seine Eltern Druck aus, dass der Nachwuchs so schnell wie möglich auf die Welt käme.

Der alte Thomsen sprach im Grunde genommen nie von Kindern, Söhnen oder Töchtern. Vereinheitlicht nannte er die Sache beim Namen. Es war der Nachwuchs, der später einmal das Geschäft übernehmen sollte.

Sie erinnerte sich an letztes Jahr.

Rike hatte Henning vorigen Sommer kennengelernt, als sie auf Sylt am Campingplatz in Wenningstedt gejobbt hatte. Sie hatte einen alten rostigen Fiat Bus, in dem sie wohnte. Der parkte hinter der Rezeption. So brauchte sie noch nicht einmal eine Minute, um zu den Toiletten und Duschen zu gelangen. Der Platz lag direkt hinter den Dünen und abends konnte man von einer Strandparty zur nächsten laufen.

Henning war eher der zurückhaltende Typ gewesen. Hatte oft am Rand gesessen und ruhige Stücke auf seiner Gitarre gespielt. Gesungen hatte er nie, dazu war er viel zu introvertiert gewesen.

Sie hatten einen stürmischen Sommer gemeinsam erlebt und jede freie Minute miteinander verbracht. Gemeinsam davon geträumt, die Welt zu sehen und zu verändern. Sie wollten reisen und vielleicht irgendwo im Süden in einer belebten Kopfsteinpflasterstraße eine kleine Bar eröffnen.

Henning und Rike verstanden sich ohne Worte und fühlten sich als Seelenverwandte zueinander hingezogen.

Der alte Thomsen, Hennings Vater, nannte das nur *dumm Tüch*.

Das war erst letzten Sommer gewesen.

Jetzt stand sie hier am Campingplatz und zweifelte daran, ob die Entscheidungen ihres jungen Daseins bis heute richtig gewesen waren.

Ihr ungestümes Wesen, ihre Spontanität und die Einstellung, die nur der Jugend vorbehalten war, sich alles so zurechtzulegen, dass es schon irgendwie passen würde.

Der Gedanke dran ließ den Hauch eines Zweifels aufkommen.

NEIN!

Sie schüttelte innerlich den Kopf. Ihren Plan würde sie durchziehen. Es war die Chance, ihr Leben in die eigene Hand zu nehmen, die Chance darauf, dem Trott des Alltags zu entkommen, der wie eine kalte Hand nach ihrer Lebenslust und ihren Träumen griff.

Alles war genau geplant. Ja, es war perfide, aber das störte sie nicht. Schließlich hatte sie ein Ziel vor Augen. Ihr Ziel!

Das Kind oder wie Henning Vater es nennen würde, der Nachwuchs und die öffentliche Meinung waren ihre

Joker in diesem Spiel und sie hatte vor als Siegerin daraus hervorzugehen.

Sehr früh nach der Hochzeit hatte sie erkannt, dass Hennings Drang nach Freiheit nicht mit dem ihrigen zu vergleichen war. Er würde es früher oder später aufgeben, hatte bereits damit begonnen, als er vorschlug, eine Weile den Laden der Familie zu übernehmen und dann mal sehen, was sich ergäbe.

Die Thomsen-Fischimbisse auf der Insel liefen wie geschmiert und waren eine echte Goldgrube, aber so einfach war es nicht, sich bei dem Thomsens ins gemachte Nest zu setzen und mitzuverdienen.

»In mein Geschäft kann man nur von der Pike an einsteigen. Das muss man Grund auf lernen!« hatte Thomsen immer wieder gesagt und das bedeutete, dass sie die nächsten Jahre in der Fischküche, am Fischtresen und in der Fischhalle würde stehen müssen, und zwar solange bis Hennings sturer Vater es für nötig erachtete.

Der Betrieb warf Unsummen von Geld ab und sie würde ihren Teil schon einzufordern wissen.

Auf keinen Fall würde sie die nächsten Jahre damit verbringen, sich jeden Abend den Fischgeruch abzuschrubben, sich abzurackern und im Dachboden bei ihren Schwiegereltern zu wohnen.

Ein Frösteln durchlief sie und das war nicht nur dem kalten Novemberwind zuzuschreiben.

Natürlich könnte sie wieder zurück nachhause und nochmal zur Schule gehen oder das Abi in der Abendschule nachholen.

NEIN!

Sie war jung und hatte einen Plan.

Alles war vorbereitet und tief im Innern fühlte sie so etwas wie Aufregung, wie Schmetterlinge im Bauch.

Alles würde gutgehen, redete sie sich ein, als sie ein Geräusch hörte.

Jemand kam näher und sie wusste, wer es war.

»Na endlich!« flüsterte sie und wunderte sich innerlich darüber zu flüstern, da hier auf dem geschlossenen Campingplatz doch weit und breit kein Mensch zu sehen war.

Schweigend sah er sie an und sie bemerkte sofort an seinen Augen, dass etwas nicht stimmte.

»Nein!« schrie sie. »Tu das nicht!«

Das war

SYLTKRIMI
Nordseegrab

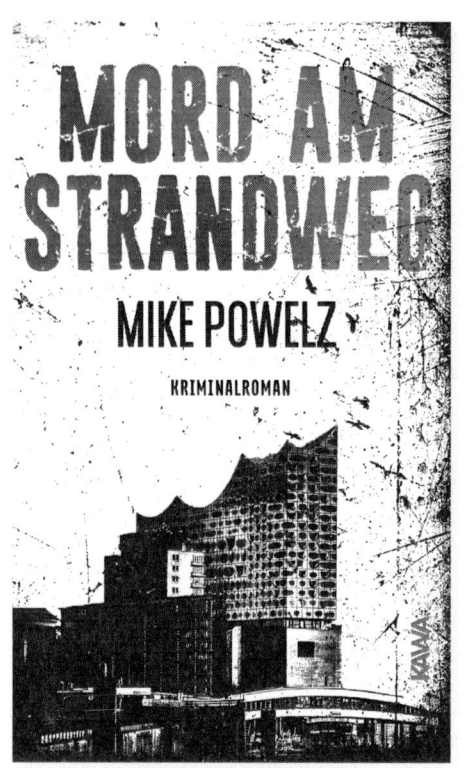

Wer tötete
die kleine Elisa?

Hamburg-Krimi
ISBN: 978-3947738786

www.kampenwand-verlag.de

Wer hat eine alte Frau heimtückisch
von einem Balkon gestoßen?

Hamburg-Krimi
ISBN: 978-3986600617

www.kampenwand-verlag.de